अद्‌भुत संन्यासी

लेखक की अन्य पुस्तक

अद्भुत संन्यासी

भगवान् परशुराम की जीवनगाथा

राजीव शर्मा

प्रभात
पेपरबैक्स
www.prabhatbooks.com

प्रकाशक
प्रभात पेपरबैक्स
4/19 आसफ अली रोड, नई दिल्ली-110002
फोन : 23289777 • हेल्पलाइन नं. : 7827007777
इ-मेल : prabhatbooks@gmail.com ❖ वेब ठिकाना : www.prabhatbooks.com

संस्करण
प्रथम, 2021

ADBHUT SANNYASI
novel by Shri Rajeev Sharma

Published by **PRABHAT PAPERBACKS**
4/19 Asaf Ali Road, New Delhi-110002

ISBN 978-93-90378-90-6

मेरे शिक्षकों—

सर्वश्री गौरी प्रसाद मिश्र

बृजेश कुमार पांडेय

डॉ. एम.डी. मिश्र

डॉ. सोने लाल शर्मा

के

श्री चरणों में सादर

कौन है वह

त्रिपुरा रहस्यधारी महर्षि
प्रथम राम
महर्षि जमदग्नि और देवी रेणुका के पुत्र
त्रिपुरारि शिव के प्रिय शिष्य
आर्यों के अपराजेय योद्धा
श्री विद्या के आचार्य
धनुर्विद्या के प्राचार्य
नए भूगोल के रचयिता
मदांध राजसत्ता के परमशत्रु
जन–प्रतिरोध के अद्धितीय संगठक
स्वाभिमान, स्वतंत्रता, समानता, न्याय के पुरोधा
यादव कुल संरक्षक
पराजितों, वंचितों, निर्बलों के अभयदाता
मछुआरों, कृषकों, शिल्पियों, श्रमवीरों के संबल
युद्ध के देवता परशुधारी राम
द्धिव्यास्त्रों के आविष्कारक
दत्तात्रेय के शिष्य
मंत्रदृष्टा ऋषि
भृगुकुलभूषण
सर्वदानी
अद्‌भुत संन्यासी
या
साक्षात् विष्णु के अवतार

भार्गवं जामदग्नेयं राजा राज विमर्दनम्॥
कैलाशमिव दुदुर्घर्ष कालाग्निचिव दुःसहम्।
ज्वलन्तमिव तेजोन्मिर्दुबिरीक्षां पृथग्जनै॥
स्कन्धे चा सज्य परशुं धनुर्विधुद गुणोपत्रम्।
प्रगृह्य शरपुग्रश्च त्रिपुरघ्नं यथा शिवम्॥

—महर्षि बाल्मीकि

(भार्गव जमदग्नि के पुत्र, राजाओं का मान-मर्दन करनेवाले, परशुराम, कैलाश के समान अजेय और कालाग्नि के समान दुस्सह हैं। वे इतने ज्वलंत और तेजोमय हैं कि साधारण लोगों के लिए उनकी ओर देख पाना भी कठिन है। कंधे पर परशु और हाथ में विद्युत् सदृश धनुष-बाण लिये वे त्रिपुरारि शिव के समान दिख रहे हैं!)

भूमिका

गाथा परशुराम

सम्मानीय पाठक

संन्यासी श्रृंखला का द्वितीय उपन्यास प्रस्तुत करते हुए हृदय प्रफुल्लता से परिपूर्ण है। महान् तपस्वियों पर केंद्रित इस प्रकल्प की प्रथम प्रस्तुति 'विद्रोही संन्यासी' को देश भर के पाठकों का जो स्नेह मिला, उसने मुझे जो ऊर्जा दी, उसी का परिणाम है यह पुस्तक।

सनातन मान्यता में भगवान् विष्णु के दशावतारों में छठे अवतार भगवान् परशुराम एक अद्वितीय विभूति हैं। वे मत्स्य, कूर्म, वराह, नृसिंह और वामन के बाद आए, किंतु राम, कृष्ण, बुद्ध, कल्कि से पहले।

परिपूर्ण देह में वे पहले अवतार हैं। वे एकमात्र अवतार हैं, जो दो अन्य अवतारों राम और कृष्ण के बीच सेतु हैं। वे त्रेता और द्वापर को जोड़ते हैं। आस्था मानती है कि चिरंजीवी परशुराम कलियुग में भी जाग्रत् देवता हैं और कल्कि अवतार के मार्गदर्शन के बाद ही वे विश्राम पा सकेंगे।

त्रेता में वे श्रीराम के आगमन के पूर्व ही दुष्टों का दलन कर उनका मार्ग प्रशस्त करते हैं, उन्हें पहचानकर अपनी आत्मशक्ति का सर्वस्व और दिव्यास्त्र देकर भावी संघर्षों के लिए सामर्थ्य देते हैं।

द्वापर में रणछोड़ कृष्ण और बलराम को सुरक्षित आश्रय के साथ छापामार युद्ध कौशल में निपुणता तथा सुदर्शन विद्या देकर उन्हें अपराजेय बना देते हैं। महान् व्यक्ति अकसर नया इतिहास लिखते हैं, किंतु उन्होंने तो अपने अतिमानवीय

पराक्रम से इतिहास ही नहीं नया भूगोल भी रच दिया। परशुराम प्रदेश, यानी सह्याद्रि से समुद्र तक, गोवा से केरल तक का भू-भाग अपने अस्तित्व के लिए उनका कृतज्ञ है।

महान् पर्वतों के गर्वोन्नत शिखरों पर उनके पदचिह्न अंकित हैं—विंध्य, सतपुड़ा, सह्याद्रि, ऋष्यमूक से लेकर विराट् हिमालय तक वे सार्वत्रिक हैं, सार्वजनीन हैं। अरुणाचल में परशुराम कुंड और कुरुक्षेत्र समंत पंचक में पंच-सरोवर आज भी लाखों तीर्थयात्रियों को आकर्षित करते हैं। ब्रह्मपुत्र ही नहीं कैलाश-मानसरोवर जानेवाला मार्ग भी उन्हीं का प्रताप है।

सनातन परंपरा के पांडित्य और शौर्य का मणिकंचन संयोग हैं परशुराम। ब्राह्मणत्व और क्षत्रियत्व का श्रेष्ठतम उनमें प्रतिबिंबित है। विचार और अध्यात्म की सनातन धारा में वे अद्वैत के उद्घोषक हैं। उन्हीं की अनुगूँज हम आदिशंकराचार्य और स्वामी विवेकानंद में पाते हैं।

उन्होंने भीष्म, कर्ण और द्रोण को धनुर्विद्या में तो कृष्ण-बलराम को दुर्गभेदन में निपुण बनाया। सुमेधा ऋषि को त्रिपुरार्चन का ज्ञान दिया। इक्कीस शक्तिशाली सम्राटों को परास्त किया, संपूर्ण पृथ्वी को जीता, किंतु महर्षि कश्यप के आदेश पर सर्वस्व दान कर अकिंचन होने में भी संकोच नहीं किया।

वे महादानी थे। सर्वस्व दानी, उन्होंने विद्यादान, श्रमदान, स्वर्णदान, गोदान, राज्यदान, अभयदान, कहीं भी हाथ संकुचित नहीं किया।

मदोन्मत्त शासकों का संहार किया तो श्रेष्ठ प्रज्ञावान क्षत्रियों का समर्थन और संवर्धन भी। उनके परशु की तीक्ष्ण धार ने मर्यादा पुरुषोत्तम के संभावित कंटकों का पहले ही उन्मूलन कर दिया, जिससे उन्हें मात्र राक्षसों से ही जूझना पड़ा, मनुष्यों से नहीं।

ऐसे विराट् व्यक्तित्व की जीवनगाथा स्वयं उनकी कृपा के बिना कह पाना संभव नहीं। मैंने यथासंभव श्री बाल्मीकि रामायण, श्रीरामचरितमानस, महाभारत, श्रीमद्भागवत, श्रीविष्णुपुराण, ब्रह्मवैवर्त पुराण में बिखरे कथा-सूत्रों को अपनी कल्पना के कलेवर में सँजोया है। हिंदी, अंग्रेजी और मराठी में जो भी उनके संबंध में पूर्व में लिखा गया है, उसे भी देखने की चेष्टा की है।

मुझ में हजार कमियाँ हैं तो मेरे प्रयास में भी होंगी। न्यूनताओं का दायित्व

मेरा है, मैं विनत भाव से स्वीकार करता हूँ, यदि कोई श्रेष्ठ तत्त्व आ सका है तो वह नारायण कृपा है।

अद्‍भुत संन्यासी के अभी प्रकट होने का पूरा श्रेय मेरे अनुज पं. संजीव शर्मा, बैतूल का है, जिसने आग्रहपूर्वक यह कार्य मुझसे करा लिया, अन्यथा मैं तो ओशो पर लिखने बैठ चुका था, जिनकी प्रतीक्षा मेरे पाठकों को लंबे समय से है, अब अगले वर्ष ही आ सकेंगे।

भगवान् परशुराम के पीछे-पीछे सम्राट् सहस्त्रबाहु आ रहे हैं। उनके बाद रानी अवंती बाई फिर, राजा रघुनाथ शाह···इस वर्ष इतना ही हो सकेगा।

—राजीव शर्मा

आभार

सर्वश्री नीलमणि दुबे नरसिंहपुर,

श्री रमेश शर्मा,

श्री कृष्ण मोहन झा, श्री मिहिर कुमार

श्रीमती भारती, पुस्तकालयाध्यक्ष, मानस भवन, भोपाल

डॉ. रोहित पटेल, रीवा

म.प्र. हस्तशिल्प विकास निगम में मेरे निजी सचिव श्री दिनेश राजपूत

अनुक्रम

	भूमिका	*9*
	आभार	*13*
1.	विस्मृति के गर्भ में	17
2.	एक प्राचीन प्रणय-कथा	20
3.	वंश का विज्ञान	24
4.	जन्म से ज्वलंत जमदग्नि	27
5.	विद्रोही-विश्वामित्र	29
6.	जमदग्नि—एक आकर्षक युवा	33
7.	इक्ष्वाकुओं का आगमन	37
8.	स्वयंवर का संग्राम	38
9.	भृगुओं का संघर्ष	40
10.	हैहयों का उत्थान	42
11.	प्रतापी कृतवीर्य और उनका पुत्र कार्तवीर्य	47
12.	सहस्त्रबाहु की विजय-यात्रा	51
13.	राजाओं का राजा राजराजेश्वर	55
14.	अवतार का आगमन	56
15.	पशुपतिनाथ का विश्वविद्यालय	60
16.	कलरी-पयत्तु	62
17.	महादेव का वरदान	65
18.	ब्रह्मपुत्र का जन्म	67
19.	जमदग्नि की अग्नि में स्वाहा रेणुका देवी	72
20.	अरुणाचल का कुंड	76
21.	नारद-लीला	80

22. जमदग्नि का अद्‌भुत आश्रम 82
23. कामधेनु की कामना 85
24. पतन से पहले 87
25. अंत का प्रारंभ 91
26. षड्‌यंत्रों का दरबार 93
27. विद्रोह के बादल 96
28. प्रतिशोध की ज्वाला 99
29. युद्ध उद्‌घोष से पहले 107
30. नर्मदा तीरे 110
31. प्रथम पराजय 112
32. सर्वनाश का जाल 114
33. अग्निवर्षा के हिंगोट 117
34. राजधानी में युद्ध 119
35. माहिष्मती का महायुद्ध 122
36. विजेता का प्रायश्चित्त 125
37. विधवा माहिष्मती 128
38. राम से परशुराम 130
39. यदा-यदा हि धर्मस्य 132
40. देवताओं का देश 139
41. धनुष-यज्ञ 141
42. कथा द्वापर की 143
43. धनुर्विद्या के प्राचार्य 145
44. अंबा का संताप 147
45. सह्याद्रि 149
46. अध्यात्म का अंत:पुर: महेंद्र पर्वत 150
47. कर्ण-कथा 151
48. युद्ध का युद्ध 155
49. संत्रास से मुक्ति 158
50. मृत्योर्मा मृतंगमय: 164

विस्मृति के गर्भ में

अतीत की प्राचीनतम स्मृतियों की सुरंग में विस्मृति के घने अंधकार में एक महान् सांस्कृतिक थाती के खँडहर हैं।

आत्महीनता और उपेक्षा के गहन गिरि-कानन में छिपे हुए भव्य प्रासादों के धूल-धूसरित अवशेषों में आपका स्वागत है। आइए, मेरी लेखनी के साथ समय के पहिए को उलटा घुमाते हैं और चलते हैं बीते युगों में···कलियुग से द्वापर तक नहीं, थोड़ा और पीछे त्रेता तक···त्रेता यानी मर्यादा पुरुषोत्तम श्रीराम तक, नहीं उनसे भी थोड़ा और पीछे उन राम तक, जिन्हें गीता में स्वयं भगवान् कृष्ण ने शस्त्रधारियों में श्रेष्ठतम कहा है, यानी हमारे कथा नायक परशुराम तक।

महर्षि जमदग्नि और माता रेणुका के इस पराक्रमी पुत्र की कथा कितने ही पुराणों और संहिताओं में श्रीराम और श्रीकृष्ण की गाथाओं में यत्र-तत्र-सर्वत्र व्याप्त है, यह उस युग की कथा है, जो आज से कम-से-कम दस हजार वर्ष पूर्व गंगा-यमुना के मैदानों, सरस्वती और नर्मदा के किनारों पंचनद की धाराधार धारों, सह्याद्रि और हिमालय के पहाड़ों पर मंचित हुआ था।

बहुत प्राचीन कथा है यह, किंतु इतनी रोचक कि सदा नवीन प्रतीत होती है, यह मुअन जो दड़ों की नगर सभ्यता के अंकुर फूटने से पहले की बात है। गुर्जर देश में धौलावीरा में विश्व की प्राचीनतम मुक्ताकाश प्रेक्षागृह और अनूठी जल शुद्धिकरण प्रणाली विकसित होने के पूर्व की कथा है यह। धौलावीरा के खँडहरों में स्नान के लिए फव्वारे ही नहीं, बल्कि वह एकाश्म, विशाल पाषाण-पटल भी है, जिसे अभी तक ठीक से पढ़ा नहीं जा सका है, किंतु पुराविद् उसे मानव सभ्यता का पहला विज्ञापन पटल मानते हैं। सिनोली की राख में जो रथ,

विशाल मानव अस्थियों और अस्त्र शस्त्रों के अवशेष मिले हैं, उनसे भी पाँच हजार वर्ष पूर्व की कथा है यह, तब हड़प्पा के कुम्हारों ने वे चमकदार बरतन, मनके, मूर्तियाँ आभूषण बनाने प्रारंभ नहीं किए थे, जो आज भी उस युग के कला-कौशल तकनीक के साक्षी हैं।

झीलों और राजमहलों के सुंदर शहर उदयपुर का तब उदय भी नहीं हुआ था, न उसके वक्षस्थल में टनों मिट्टी के नीचे दबी प्राचीन आहड़ सभ्यता ने आँखें खोली थीं।

मेसोपोटामिया की सभ्यता तब दजला-फरात के मैदानों में आँखें मल रही होगी। मिस्र के पिरामिडों का तो पहला पत्थर भी नहीं रखा गया था, तब की बात है यह, यानी त्रेता युग से भी कुछ पहले की।

बहुत पुरानी बात है, विश्व के रंगमंच पर मानव सभ्यता का प्रकाश प्रकट हो रहा था, आज के वैश्विक धुरंधरों के पुरखे जब आदिमानवों के वेश में नुकीले पत्थरों से आग जलाना सीख रहे थे, तब नर्मदा, सरस्वती, गंगा, यमुना के किनारों पर मंत्र दृष्टा ऋषियों, महर्षियों के आश्रम वेद की ऋचाओं से गूँज रहे थे, यज्ञाग्नि से उठता धुआँ पृथ्वी और अंतरिक्ष के दैनिक संवाद का सेतु होता था।

आर्यावर्त, ब्रह्मवर्त, देवलोक, नागलोक, द्युलोक, इहलोक, परलोक सब एक साथ विद्यमान थे।

वर्णाश्रम था, किंतु जातिबंधन नहीं। ऊँच-नीच की अमानवीय धारणा ने अभी जन्म नहीं लिया था।

ब्राह्मण, क्षत्रिय, वैश्य, शूद्र एक ही चहारदीवारी में नैसर्गिक रुचियों और व्यावसायिक निपुणता से व्यक्ति के स्वयं के चुने क्षेत्र थे, जहाँ से अंदर-बाहर होने की सुविधा थी।

ज्ञान-विज्ञान, चेतना, अध्यात्म के साथ-साथ गणित, वाणिज्य, आयुर्वेद, धातुशास्त्र, उत्खनन, रसायन शास्त्र सब में साधकों ने नित नूतन आविष्कार किए हैं।

संसार के शेष भू-भाग जब पशुचर्म धारण करना सीख रहे थे, तब हमारे शिल्पकार और बुनकर सुखकर वस्त्र, तीव्रगामी रथ, इच्छाचालित विमान, स्वचालित अस्त्र-शस्त्र बना रहे थे।

शास्त्र और श्रुति आधारित वैभव संपन्न, गरिमापूर्ण जीवन-शैली राजा से रंक तक सार्वजनिक थी।

सप्त सिंधु में पवित्र सरस्वती के तट पर ब्रह्मर्षि वसिष्ठ का आश्रम है। राजर्षि विश्वामित्र का आश्रम भी अधिक दूर नहीं, गंगा तट पर गंगोत्री से गंगा सागर तक ऋषियों, महर्षियों के आश्रमों की अनंत शृंखला है। पवित्र नदियों के किनारे नए तीर्थ आकार ले रहे हैं।

प्रतापी राजपुरुषों ने अपने राज्य स्थापित कर उनके विस्तार में सर्वस्व झोंक रखा है।

सनातन सभ्यता मध्याह्न के सूर्य की तरह पूर्ण प्रखरता से तेजस्वी हो रही है। इस अरुण-तरुण-मधुमय स्वदेश में जो पराक्रमी है, वह चक्रवर्ती, जो तप करें वे ऋषि और जो ऋचाएँ गाएँ, वे मंत्र दृष्टा हैं।

नित नए राज्य भू-मंडल में आकार ले रहे हैं, दुर्गम दुरूह वनों को काटकर नए निवास, ग्राम, नगर विकसित हो रहे हैं।

बाल्टिक, मद्रदेश, कारस्कर, महिषक, कुरंड, कार्कोटक, वीरक, प्रस्थल, गांधार, रवस, वसाति, अवंति, सिंधु, सौवीर, कुरु, पांचाल, शाल्व, मत्स्य, नैमिष, कौशल, काशी, अंग, कलिंग, मगध, चेदि, आरट्ट, पंचनद, शूरसेन और शिवि राष्ट्रों और राज्यों की अंतहीन सूची में सम्मिलित हैं।

मर्त्यलोक के इन वैभवशाली राज्यों से ज्यादा वैभव तो कैलाश पर धूनी रमाए महाकाल शिव का है या क्षीर सागर में शेष शय्या पर सुस्ताते श्री विष्णु का कमल सिंहासन पर विराजमान प्रजापिता ब्रह्मा का।

संपूर्ण पृथ्वी को अपने शीष पर धारण करनेवाले शेषनाग भी। अपनी तीनों भूमिकाएँ कुशलता से निभा रहे हैं, पृथ्वी का बोझ उठाने के साथ-साथ वे क्षीरसागर में भी हैं और लक्ष्मण तथा बलराम के रूप में प्रकट होने को भी सन्नद्ध हैं। विश्व के विशाल रंगमंच पर यह मानव सभ्यता के अनूठे अध्यायों के मंचन की वेला है।

□

एक प्राचीन प्रणय-कथा

गंगा के मैदानों में गाधिवंश के प्रतापी क्षत्रियों का राज्य है—कान्य कुब्ज। राजदरबार में गाधिराज सिंहासन पर आसीन हैं। सेनापति उनके सम्मुख सीमाओं की रक्षा के लिए अश्वों की आवश्यकता का विवरण दे रहे हैं। सिंहासन से 10 हाथ की दूरी पर 6 सीढ़ी नीचे महत्त्वपूर्ण पदाधिकारी आसीन हैं। सीमा की सुरक्षा प्रबंधों का विवरण सुनते हुए गाधिराज ने द्वारपाल को अभिवादन करते देखा तो उसे नीचे ही रुकने का संकेत किया। द्वारपाल अपने नियत स्थान पर सिर झुकाकर खड़ा हो गया। सेनापति से चर्चा पूर्ण होने पर महाराज ने द्वारपाल को समीप आने का संकेत किया। द्वारपाल ने सीढ़ियों के निकट आकर बताया, "महाराज की जय हो, महाराज, महर्षि भृगु के वंशज तपस्वी ऋचीक आपसे भेंट की इच्छा से द्वार पर आए हुए हैं।"

गाधिराज ने उन्हें सादर ले आने का संकेत किया। द्वारपाल चुस्ती से गया और सम्मान सहित तपस्वी ऋचीक को दरबार में ले आया। महाराज ने सिंहासन से उठकर भृगुवंशी तपस्वी का अभिवादन किया और राजदरबार में पधारने का प्रयोजन पूछा। सारा दरबार युवा तपस्वी की ओर देखने लगा। गौर वर्ण ऋचीक की आँखों में भृगु वंश का विख्यात तेज जगमगा रहा था, किंतु देहयष्टि उतनी पुष्ट नहीं थी। संभवतः कठोर तपस्या ने देह की कांति हर ली थी। उनके केश भी जटाओं का रूप लेकर उलझे हुए थे।

ऋचीक ने प्रयोजन बताते हुए कहा, "राजन, मैं आपकी कन्या सत्यवती के पाणिग्रहण की कामना से प्रस्तुत हुआ हूँ। मैंने गहन तपस्या में अपना जीवन महत्त्वपूर्ण शोध कार्य में बिताया है, अब मेरे शोध कार्य का महत्त्वपूर्ण चरण पूर्ण

हो चुका है, इसलिए मैं गृहस्थ आश्रम में प्रवेश की इच्छा से आपकी कन्या की याचना करता हूँ।" गाधिराज सहित उनका पूरा राजदरबार तपस्वी की यह कामना सुनकर चौंक गया। गाधिराज ने तपस्वी को नीचे से ऊपर तक देखा। यदि वह भृगुवंशी नहीं होते तो गाधिराज उनकी भर्त्सना कर विदा कर देते। भृगु के नाम से सभी भय खाते थे, आखिर उन्होंने भगवान् नारायण को भी नहीं छोड़ा था, इसलिए गाधिराज ने राजनय से काम लिया।

वे बोले, "ऋषिवर हम क्षत्रिय अपनी वंश-परंपरा से बँधे हैं। हमारी कन्या किसी पुरुषार्थी के साथ ही परिणय संस्कार में बँध सकती है।" ऋचीक बोले, "आपको मेरे पुरुषार्थ पर संशय क्यों है? क्या मैं आपको कोरा तपस्वी प्रतीत हो रहा हूँ? कृपया पुरुषार्थ का कोई मानदंड नियत करें, जिससे मैं उस पर खरा उतर सकूँ।"

गाधिराज ने मन-ही-मन चैन की साँस ली और बोले, "हे ऋषि! एक सहस्र श्यामकर्ण अश्व आपके पुरुषार्थ का मानदंड हैं, यदि आप मुझे एक सहस्र श्यामकर्ण अश्व भेंट कर सकें तो सत्यवती की सहमति होने पर मैं आपको उनका हाथ सौंप दूँगा।" गाधिराज को भलीभाँति अनुमान था कि उच्च नस्ल के श्यामकर्ण अश्व जुटाने में इस युवा ऋषि का संपूर्ण यौवन बीत जाना है, आखिर वे स्वयं राजा होने के बाद भी अपनी सेना की श्रेष्ठ अश्वों की आवश्यकता पूरी नहीं कर पा रहे हैं। ऋचीक ने बिना विचलित हुए गाधिराज को 'तथास्तु' कहकर विदा ली। दरबारी अपने राजा के बुद्धिकौशल की सराहना करने में लग गए कि कैसे उन्होंने युक्तिपूर्वक एक अजीब संकट को टाल दिया।

गाधिराज के दरबार से लौटकर युवा ऋचीक ने श्यामकर्ण अश्वों के बारे में पता किया तो ज्ञात हुआ कि ये श्रेष्ठ अश्व गंगातट के किसी जंतु-विज्ञानी ऋषि के जीवन भर की तपस्या और वैज्ञानिक प्रयोगों का परिणाम है, किंतु उनका उत्पादन कम है और माँग बहुत ज्यादा, जिससे वे सहज ही अत्यधिक महँगे हैं और प्रतीक्षा सूची लंबी।

ऋचीक यह जानकर मुसकराए, जब अश्वों के नस्ल सुधार की इतनी ऊँची कीमत है तो उनके अपने आविष्कार की कितनी कीमत होगी, उन्होंने अपने आश्रम की प्रयोगशाला में ऐसे अद्‌भुत रसायन खोज लिये थे, जो निस्संतानों

को संतान ही नहीं इच्छानुकूल–मनोवांछित कौशल से युक्त संतान दे सकते थे। पिछला एक दशक उन्होंने इन्हीं प्रयोगों में बिताया था, बाहरी दुनिया से दूर रहकर घनघोर वनों में अपनी प्रयोगशाला में रात–दिन परिश्रम कर उस दिन पहली सफलता मिली थी।

संतुष्ट और चमत्कृत ऋचीक ने आश्रम से बाहर निकलकर वन में विचरण करना प्रारंभ किया तो सामने से साक्षात् वनदेवी को आते देखा, किंतु वे वनदेवी नहीं थीं, यह थीं राजकुमारी सत्यवती, सौंदर्यमूर्ति सत्यवती, तेजस्वी राजकन्या, उनके साथ राज परिचारिकाएँ और सुरक्षाबल था। सत्यवती बहुत प्रभावित नहीं हुई पर ऋषिकुमार तो मंत्रमुग्ध हो गए। वन में लंबे एकांतवास की उकताहट हो या युवावस्था का सहज आकर्षण, वे सत्यवती की कामना लिये ही वापस लौटे।

सोते–जागते सत्यवती उनके मन प्राण में बस गई थी, उधर सत्यवती को कुछ खबर नहीं थी, वह यथावत् अपने संसार में प्रसन्नचित्त थी, पर हाँ, उस ऋषिकुमार के तेजस्वी नेत्र जाने क्यों उनके ध्यान में जब तब आ रहे थे।

ऋचीक का रसायनों से यह प्रेम आकस्मिक नहीं था। विज्ञान विशेषकर आयुर्विज्ञान उनकी वंश–परंपरा में पहले से ही था। महान् ऋषि च्यवन उनके पितामह थे, जिन्होंने अपने प्रयोगों से स्वयं के वृद्ध शरीर को कायाकल्प कर युवा बना लिया था।

ऋचीक ने नि:संतान व्यक्तियों के दु:ख से द्रवित होकर अपना शोध संतान उत्पत्ति पर किया था, अब उनकी यही उपलब्धि उन्हें राजकन्या सत्यवती की प्राप्ति में सहायक होनेवाली थी।

उनके आविष्कार की घोषणा होते ही हंगामा मच गया। झुंड के झुंड नि:संतान दंपती उनके आश्रम के बाहर पंक्तिबद्ध होने लगे और स्वर्णमुद्राओं का इतना ढेर लग गया कि थोड़े समय में ही वे एक हजार श्यामकर्ण की खरीदी का भुगतान कर सकें, सौ घोड़ों की पहली खेप छह माह बाद आनी थी, उसके बाद हर माह सौ घोड़े मिलने थे, इस तरह डेढ़ वर्ष बाद एक हजार श्यामकर्ण अश्व लेकर वे गाधिराज के दरबारी में प्रस्तुत हुए।

सिंहासन से उतरकर गाधिराज ने भावी जामाता का स्वागत किया। राजा ने देखा, आज ऋचीक याचक की मुद्रा में नहीं हैं। विनम्रता के बावजूद वे

आत्मविश्वास से भरे हुए हैं। देह भी हृष्ट-पुष्ट हो गई थी। गौरवर्ण और भी निखर गया था। सफलता के सुख ने नैन-नक्श को भी और अधिक दीप्तिमान कर दिया था।

एक हजार काले कानवाले घोड़े उनके पुरुषार्थ का प्रमाण थे, जो दरबारी उनके पिछले प्रवास पर खिल्ली उड़ाने की मनोदशा में थे, इस बार प्रशंसा की दृष्टि से देख रहे थे।

संतुष्ट गाधिराज ने विधि-विधान से राजकन्या का परिणय ऋचीक के साथ कर दिया।

पति की प्रतिभा, व्यक्तित्व और नवार्जित यश से संतुष्ट सत्यवती राजमहल त्यागकर आश्रम की शोभा बन गई।

□

वंश का विज्ञान

ऋचाओं में निपुण ऋचीक गौतमी नदी के तट पर स्थित अपने आश्रम में वापस लौटकर अपने वैज्ञानिक अनुसंधानों में डूब गए, सत्यवती भी वनांचल की शांति और पवित्रता में धैर्यपूर्वक वन्य जीवन की अभ्यस्त होने का प्रयास कर रही है—

वे ऋचीक के खाने-पहनने-दैनिक सुविधाओं पर ध्यान देती हैं, उन्हें राजमहल के शिष्टाचार नगरीय जीवन के तौर-तरीके सिखाना चाहती हैं, लेकिन जन्मजात तपस्वी का असली आकर्षण तो विज्ञान में है। उन्हें न खाने की सुध है, न सुंदर वस्त्रों की। आरामदायक बिस्तरों पर रात-रात भर सत्यवती उनकी प्रतीक्षा करती हैं, पर तपस्वी को फुरसत मिले, तब तो वे अपनी विशाल प्रयोगशाला से बाहर निकलें और नववधू के साथ जीवन के प्रतीक्षित क्षणों को जिएँ।

उन्हें सत्यवती से अनुराग है, पर काम का बोझ इतना है कि कई बार वे कई-कई दिन तक प्रयोगशाला में अपनी जगह से हिल भी नहीं पाते, उनके सहयोगियों की भी वर्षों से यही दिनचर्या है।

प्रतीक्षा करते-करते सत्यवती ऊबने और रूठने लगी हैं। उन्हें पति की कर्तव्यनिष्ठा पसंद है, लेकिन इतनी भी नहीं कि वे स्वयं उनके प्रति अपना कर्तव्य भूल जाएँ।

सत्यवती की ऊब अब बोझ बनने लगी है और पति-पत्नी में प्रणय संवाद अब वाद-विवाद बनने लगा है।

ऋचीक को पूर्ण मानसिक शांति चाहिए, जिससे वे अपने अनुसंधान में एकाग्र हो सकें। ऊब और उपेक्षा अनुभव कर रहीं सत्यवती पितृगृह जाना चाहती

हैं। ऋचीक ने उन्हें पूर्ण सम्मान से विदा करते समय आश्वस्त किया है कि यह व्यस्तता सदैव नहीं रहेगी यह प्रयोग पूर्ण होते ही वे अवकाश लेकर उनको पूरा समय देंगे।

सत्यवती ने मुसकराकर कहा, "आर्य, मैं आपकी विवशता समझती हूँ और अनुराग भी, मुझे लगता है कि अब कोई किलकारी ही हमारे आँगन के सूनेपन को भर सकती है।"

ऋचीक ने सहमति में सिर हिलाया।

पिता के घर लौटकर सत्यवती ने पुनः अपने को प्रफुल्लित अनुभव किया। अपने दांपत्य के सुख-दुःख माँ से साझा करते हुए जब अपनी पुत्र-कामना के बारे में बताया तो वे बहुत प्रसन्न हुईं।

उन्होंने कहा, "तुम्हारे पति ने कठोर परिश्रम से मनोवांछित संतान प्राप्ति का जो अनुसंधान किया है, उसका लाभ तुम्हारे मातृकुल को भी मिलना चाहिए। तुम्हारे विवाह के बाद मेरा आँगन भी तो सूना हो गया है, तुम्हें ऋषि से मनोवांछित पुत्र के साथ मनोनुकूल और समर्थ भाई भी माँगना चाहिए।"

सत्यवती ने माँ को आश्वस्त किया कि वे अपने पति को अवश्य ही ऐसा करने को कहेंगी। माँ के स्नेह की छाया में कुछ समय बिताने के बाद सत्यवती आश्रम में लौटी तो अकेली नहीं थी। उनकी माँ भी पुत्र-कामना के साथ-साथ आईं।

ऋचीक ने अपनी सासमाँ का यथोचित सत्कार किया। सत्यवती ने यशस्वी पुत्र और समर्थ भाई की कामना ऋषि को बताई, उदार ऋषि ने 'तथास्तु' कहा और कार्य-पूर्ति के लिए प्रयोगशाला चले गए।

प्रयोगशाला से संध्यावंदन के लिए लौटते हुए ऋषि दो सुंदर रजत पात्रों में मनोवांछित संतान-प्राप्ति के लिए अभिमंत्रित खीर ले आए। पत्नी को खीर के दोनों पात्र सौंपते हुए उन्होंने कहा कि यह लघु पात्र तुम्हारी माँ के लिए है और यह बड़ा पात्र तुम्हारे लिये। शुभ मुहूर्त में आप लोग इसे श्रद्धापूर्वक ग्रहण कर ईश्वर का स्मरण करना। प्रभु आप लोगों की मनोकामना अवश्य पूर्ण करेंगे। प्रसन्न सत्यवती दोनों पात्र लेकर माँ के कक्ष में गई और ऋषि ने जो कहा था, वह कह सुनाया।

शुभ मुहूर्त में माँ ने बड़ा पात्र उठाकर खीर ग्रहण कर ली, सत्यवती ने छोटे पात्र की खीर का स्वाद लिया।

तभी ऋचीक वहाँ आए और सत्यवती को छोटे पात्र की खीर खाते देख स्तब्ध रह गए, "अरे, यह तुम अपनी माँ का भाग क्यों खा रही हो, तुम्हारा प्रसाद तो बड़े पात्र में था।"

"तो क्या हुआ, वह तो माँ ने खा लिया, प्रसाद तो समान ही है न!" सत्यवती ने बताया।

"नहीं देवी, दोनों सर्वथा भिन्न-भिन्न थे। बड़े पात्र के प्रसाद में ब्राह्मणोचित सतोगुणी प्रतिभा के घटक थे, जो बालक उत्पन्न होगा, उसमें विद्याध्ययन, पठन-पाठन, शोध-तपस्या के संस्कार होंगे।"

"फिर छोटे पात्र में क्या था?" सत्यवती ने उत्सुकता से पूछा।

"देवी, छोटे पात्र में क्षत्रियोचित साहस, संघर्ष, वीरता, उग्रता के रजोगुणी घटक थे, जो बालक उत्पन्न होगा, वह अत्यंत आक्रामक, वीर, विजेता होगा।"

"तो अब क्या?" सत्यवती चिंतित हुईं।

"अब क्या, अब उलटा होगा, तुम्हारे क्षत्रिय माता-पिता के यहाँ ऋषिमना पुत्र उत्पन्न होगा और तुम्हारे यहाँ पराक्रमी योद्धा।"

"पर मैं तो आपके जैसा सौम्य, क्षमाशील, पुत्र चाहती हूँ, जो शांतिपूर्वक सुदीर्घ जीवन जिए," सत्यवती व्याकुल हुईं, "मैं राजमहल में रही हूँ, मुझे वहाँ के संघर्षों और कोलाहलों से विरक्ति है, इसीलिए मैंने आपको अपने पति के रूप में स्वीकार किया, मुझे आश्रम का प्रशांत जीवनप्रिय है, आप कुछ भी कीजिए, मुझे उग्र और आक्रामक पुत्र नहीं चाहिए।"

"ठीक है, मैं प्रयत्न करूँगा, किंतु तब वे गुण शायद अगली पीढ़ी में प्रगट होंगे।," ऋचीक ने समाधान दिया।

सत्यवती के पास सहमत होने के सिवा कोई विकल्प था ही नहीं। भावी संतति के संबंध में सोचते हुए उनकी आँख लग गई। निद्रा मनुष्यों का सबसे उत्तम शरण स्थल है।

□

जन्म से ज्वलंत जमदग्नि

प्रसन्नता में डूबी माँ-बेटी के नौ माह झटपट से यों ही बीत गए, जैसे नौ दिन ही हुए हों, सुख के पल सदा तेजी से बीतते हैं और अंततः नवशिशुओं की किलकारियाँ, उधर गाधिराज के महल में और इधर ऋचीक महर्षि के आश्रम में एक साथ गूँजी।

सत्यवती के गर्भ से गौरवर्ण शिशु ने जन्म लिया, जो उग्रता में प्रज्वलित अग्नि के समान था, इसलिए उसका नाम जमदग्नि रखा गया, उधर राजमहल में रानी के गर्भ से ब्रह्मतेज संपन्न प्रसन्नवदन शिशु उत्पन्न हुआ, जिसकी रुचि और स्वभाव धर्म-कर्म-पठन-पाठन में ज्यादा थी। गाधिराज ने राजपुरोहित की सलाह पर उसका नाम 'विश्वरूप' रखा।

सत्यवती की चिंता दूर करने के लिए ऋचीक मुनि ने अपनी प्रयोगशाला में शांत चित्तता के लिए विशेष औषधि बनाकर शिशु और माता दोनों को दी, जिसके प्रभाव से जमदग्नि की अग्नि शांत भाव में बदलने लगी और उनकी उग्रता कम हो गई।

शिशु जमदग्नि जन्म से ही ज्वलन्त अग्नि के समान तेज हैं, यथा नाम तथा गुण को साकार करते हुए उनकी प्रतिभा बचपन से ही प्रत्यक्ष है। उनके तपस्वी पिता ने अपनी औषधियों से उनकी उग्रता को संतुलित कर दिया है, किंतु एक चिंता उनके हृदय में भी है कि सामान्यतः शांति और धैर्य धारण करनेवाला यह शिशु यदि किसी बात पर क्रोधित होता है तो उसे कोई शांत नहीं कर सकता, उसका क्रोध आँधी-तूफान सा विध्वंसक है।

ऋचीक जानते हैं, उनका पुत्र जीवन भर इस क्षत्रियोचित क्रोधाग्नि के साथ

ही रहेगा। उनकी औषधियाँ उसे मंद कर सकती है समाप्त नहीं।

माता-पिता और आश्रमवासियों के स्नेह की छाया में जमदग्नि का विद्यारंभ हुआ, उन्होंने वेद श्रुति पुराण आदि समस्त शास्त्रों का गहन अध्ययन किया, किंतु शस्त्र विद्या में उनकी विशेष रुचि है। वे वेदपाठ में आलस कर सकते हैं, किंतु शस्त्राभ्यास में नहीं, वैसे भी भृगुवंश ने सदा ही धनुर्विद्या और शास्त्रों में निपुणता को महत्त्व दिया है, इसलिए लोग इसे सहज भाव से लेते हैं।

भृगुवंश को मंत्रशक्ति के साथ यंत्रशक्ति पर भी अनुराग रहा है। यही उनके प्रभाव और प्रतिष्ठा का कारण भी है। ब्राह्मणोचित विनम्रता के स्थान पर भृगुवंशियों में क्षत्रियोचित पुरुषार्थ का भाव ज्यादा प्रबल है, वे वर्ण व्यवस्था को बहुत महत्त्व नहीं देते। वे जन्म के बजाय गुणों पर आधारित व्यवस्था के पक्षधर हैं, इसीलिए बहुत से भृगुवंशी सामुद्रिक व्यापार-व्यवसाय में भी संलग्न हैं और राजकार्य में भी। जिन्हें तलवार अधिक प्रिय है, वे सेना में भी विभिन्न पदों पर हैं। भृगुवंशी राजपुरोहित भी कोरे सलाहकार नहीं हैं, उनकी सलाह उनके प्रभाव के कारण आदेश जैसा ही असर रखती है। उनका इतना असर सब ओर ईर्ष्या और विरोध भी उत्पन्न करता है, पर प्रतापी भृगुवंश को इसकी परवाह नहीं है।

□

विद्रोही-विश्वामित्र

जन्मना क्षत्रिय विश्वरूप बचपन से ही ब्रह्मतेज संपन्न है, अल्पकाल में ही उन्होंने आगम-निगम-पुराण-शास्त्र ऐसे हृदयंगम कर लिये कि लगने लगा, वे माँ के गर्भ से ही सब विद्याएँ सीखकर आए हैं।

शस्त्र और शास्त्र दोनों में समान निपुणता हासिल कर वे राज समाज में इतने लोकप्रिय होने लगे कि उनका नाम कब जनमानस में विश्वरूप से विश्वामित्र हो गया, किसी को याद नहीं।

तेजस्वी विश्वामित्र के युवा होते ही गाधिराज ने सिंहासन उन्हें सौंप वानप्रस्थ ग्रहण कर लिया। विश्वामित्र जल्दी ही एक कुशल शासक के रूप में स्थापित हो गए। उनके शस्त्रबल से कोई प्रतिद्वंद्वी साबुत न बचा। उनका शास्त्रबल नीतिधर्मपूर्वक राजकाज में संबल बना।

वे स्वयं ज्ञानी थे, पुरुषार्थी थे। नीति-निर्णय में सक्षम थे, तब भी परंपरा से राजकाज में ब्राह्मणों का वर्चस्व इतना था कि हर शासक अपनी नीति के विधिक अनुमोदन के लिए उन पर निर्भर था।

यह निर्भरता विश्वामित्र को चुभती थी, उन्हें लगता था, पुरुषार्थ हम करें और पूजा ब्राह्मणों की हो, यह कहाँ का न्याय है ?

ब्राह्मणों के वर्चस्व के प्रति उनके हृदय में विद्रोह पनप रहा है, जो अंतत: खुले संघर्ष में परिवर्तित होकर रहेगा।

महत्त्वाकांक्षी विश्वामित्र अब अपने राज्य की सीमाओं का विस्तार चाहते हैं। उनके पास समर्थ सैन्यबल है, आधुनिक अस्त्र-शस्त्र हैं और हृदय में साहस है। उनके पड़ोस में वसिष्ठ राज्य करते हैं। विश्वामित्र उन्हें ब्राह्मणों के नेता के रूप में देखते हैं।

अरण्य में आखेट के लिए निकले विश्वामित्र अपनी सेना सहित वसिष्ठ के राज्य में पहुँचे, उनके गुप्तचर उन्हें वसिष्ठ के राज्य की आंतरिक शांति, सुख, समृद्धि की सूचनाएँ देते रहे हैं, अब वे स्वयं अपनी आँख से वसिष्ठ की शक्ति सामर्थ्य का आकलन कर लेना चाहते हैं।

वसिष्ठ कान्यकुब्ज के अति युवा शासक का समुचित सत्कार करते हैं। विश्वामित्र यह देखकर आश्चर्यचकित हैं कि अति सौम्य वसिष्ठ राजा होने के बाद भी अत्यंत शांत, विनम्र, निश्चिंत हैं।

उनकी सहजता उनके संपूर्ण शासन तंत्र में व्याप्त है। आकस्मिक रूप से आए अतिथियों की संख्या विशाल होने के बाद भी न कहीं अव्यवस्था हुई, न विलंब, न हड़बड़ाहट, न आदेश-निर्देश दिए-लिये गए।

यहाँ सबकुछ स्वचालित है, वसिष्ठ का राज्य स्वशासित है, यहाँ हर कोई अपने कर्तव्य के प्रति स्वयं चैतन्य हैं, भले वह असैनिक हो या सैनिक, यहाँ तक कि प्रजाजन भी प्रज्ञावान हैं, वे राजदंड से नहीं आत्मबोध से संचालित होते हैं। साधारण प्रजा का नैतिक स्तर भी इतना ऊँचा है कि अपराध-शून्य हैं, हर व्यक्ति क्षमता के अनुसार कार्य करता है और आवश्यकतानुसार धन प्राप्त करता है, हर कोई प्रफुल्लित, उत्साहित और समृद्ध है।

नागरिकों में एक-दूसरे के प्रति सम्मान और सहजीविता का भाव है। विश्वामित्र का आश्चर्य यह देखकर चरम पर है कि राज दरबार में भी नागरिक प्रशासन और सैन्य प्रशासन के अधिकारियों में कोई आपसी प्रतिद्वंद्विता नहीं है।

वे चकित हैं, ऐसा तो उन्होंने कहीं नहीं देखा, न अपने राज्य में, न उन राज्यों में, जिनमें युवराज रहते, वे राजनयिक के रूप में गए हैं।

उनका विश्वास था कि राज्य तो राज्यदंड से चलता है। सैन्य-असैन्य अधिकारियों के मध्य प्रतिद्वंद्विता से राजा की सर्वोच्चता बनी रहती है, क्योंकि दोनों एक दूसरे की न्यूनताओं को उत्साहपूर्वक राजा को बताया करते हैं। वे मानते हैं कि छोटे-मोटे अपराध प्रजा की अनावश्यक ऊर्जा को आपस में व्यस्त रखते हैं और राज्य को।

अपनी प्रभुसत्ता के प्रदर्शन का अवसर देते हैं, जिससे प्रजा नियंत्रित रही आती है और राज्य के समक्ष अपनी सुरक्षा की याचक बनी रहती है।

वसिष्ठ की शासन प्रणाली तो शेष विश्व की प्रचलित पद्धति के उलट है, तब भी यहाँ सर्वत्र समृद्धि सुव्यवस्था है, यह कैसे संभव है ?

विश्वामित्र के गुप्तचर और साथ आए अधिकारी विशेषज्ञ भी वसिष्ठ के शासन तंत्र को समझ नहीं पा रहे थे।

एक विशेषज्ञ का कहना था कि यह जो स्वचलित स्वर्ग दिखाई दे रहा है, यह निपुणतापूर्वक रचा गया छद्‌मजाल है वास्तविकता कुछ अन्य ही होगी, किंतु विश्वामित्र प्रज्ञावान हैं। वे समझ गए कि यह बात उनके आहत अहंकार को संतुष्ट करने के लिए की जा रही है, जिससे वे अपनी सर्वश्रेष्ठता पर शंका न करें।

उन्होंने तय किया कि वे स्वयं वसिष्ठ से ही सत्यता जानेंगे। दो दिन के आतिथ्य के बाद तीसरे दिन भोजन के पश्चात् उन्होंने वसिष्ठ से पूछ ही लिया कि उनकी निर्विकार शासन पद्धति का क्या रहस्य है ? राजदंड और सैन्यशक्ति के प्रभावी प्रदर्शन के बिना वे राज्य को नियंत्रित कैसे किए हुए हैं ?

वसिष्ठ ने सहज भाव से बताया, "मेरा राज्य आत्मानुशासन से संचालित है, यह आत्मबल से चलता है, पशुबल से नहीं।"

"यह तो आपका सिद्धांत हुआ राजन, इसे व्यवहार में कैसे लाते हैं ?"

"अपने आचरण से महाराज, प्रजा राजपुरुषों से प्रेरणा लेती है, सामान्यजन सदैव समाज के श्रेष्ठिजनों की जीवन-पद्धति आचार-विचार, वेशभूषा, आहार-विहार का अनुकरण करते हैं। मैं और मेरे राजकीय अधिकारी कर्मचारी राजकोष को अपने ऐश्वर्य, अपनी सुविधा पर व्यर्थ नहीं बहाते। प्रजा भी हमारी साधारण मितव्ययतापूर्ण, श्रम-साधना को जीती है।"

"राजन, क्या आपके राजदरबार में राजपुरुषों की महत्त्वाकांक्षाएँ नहीं हैं या उन्होंने अपनी लिप्साओं को जीत लिया है ?" विश्वामित्र शासन के अंतर्निहित संघर्षों की जड़ में जा रहे थे।

"नहीं बंधु, मनुष्य सर्वत्र समान है। उनकी इच्छाएँ, कामनाएँ, लिप्साएँ कभी समाप्त नहीं होतीं, किंतु राजकीय वातावरण यह तय करता है कि राज्य के पदाधिकारी योग की दिशा में मुड़ेंगे या भोग की।"

"मैंने अपने अधिकार निचले स्तर तक विकेंद्रित कर रखे हैं, कानूनों की संख्या न्यूनतम रखी है, निर्णय तुरंत होते हैं, निष्पक्ष होते हैं।"

"और महत्त्वाकांक्षा ?"

सत्ता यदि संसाधनों को राज्य के कल्याण में लगाए, अपने विलास-उपभोग में नहीं तो राजकाज एक कष्टप्रद दायित्व है, राजा प्रजा के धन से पोषित होता है, अत: वह प्रतिपल प्रजा का भृत्य है स्वामी नहीं, इस भावभूमि में यह राजमुकुट कंटकों का आभूषण है राजन, प्राचीन युग में समाज श्रेष्ठतम व्यक्ति को ढूँढ़कर राजा बनाता था, किंतु अधिकांशत: लोग राजकाज के झंझटों में अरुचि होने से यह प्रस्ताव अस्वीकार कर देते थे।

"हमारी प्रजा और राजपुरुष अभी तक उसी आदर्श में आबद्ध हैं, इसलिए प्रतिस्पर्धा नहीं है, मात्र दायित्व-बोध है।"

"विशेषाधिकार अपात्रों को भी राज्यपद के लिए आकर्षित करते हैं, हमने विशेषाधिकारों की विषबेल पनपने नहीं दी है, इसलिए व्यक्तिगत महत्त्वाकांक्षाओं का संघर्ष नहीं है। हमारे यहाँ सामूहिक नेतृत्व है। कोई एक नायक नहीं है, इसलिए कोई प्रतिनायक भी नहीं।"

"आपके राज्य में नागरिक प्रशासन और सैन्य अधिकारियों, सुरक्षा, सेवाओं के मध्य तो समस्याएँ होंगी ?"

"नहीं राजन, हम ऋग्वेद के संगच्छं ध्वं-संबद्धं ध्वं सं वो मनसि जानताम् के आदर्श को जीते हैं, जब लक्ष्य स्वार्थ नहीं परमार्थ हो, तब क्षुद्रता उभरने में संकोच करती है।"

विश्वामित्र के मुखमंडल पर प्रबल असहमति दिख रही थी। उन्होंने शब्दों का भी माध्यम लिया, "राजन, मैं आपसे सहमत नहीं हूँ, आप राज्य चला रहे हैं या आश्रम, क्षमा चाहता हूँ, आपका चिंतन और पद्धति दोनों अव्यावहारिक हैं। राजदंड और प्रबल सैन्यबल के बिना राज-काज संभव नहीं ?"

"यह आपका विचार है महाराज, मेरा अनुभव मैं आपको बता चुका हूँ, मेरा सत्य आपके सत्य से पृथक् भी हो सकता है राजन।" वसिष्ठ अपनी सौम्यता सहित बोले।

विश्वामित्र अपनी असहमति के साथ कान्यकुब्ज लौट आए हैं। वे अपनी विजय यात्रा वसिष्ठ के राज्य पर आक्रमण से प्रारंभ करने की तैयारी में जुट गए हैं।

□

जमदग्नि—एक आकर्षक युवा

किशोर जमदग्नि सभी आश्रमवासियों की आँखों का तारा है। परिश्रम से उनका शरीर सुगठित हो रहा है, गौर वर्ण, लंबी नासिका और तेजोमय नेत्र, जो भी देखता है, एकटक देखता ही रह जाता है।

कठोर अभ्यास से शस्त्र-शास्त्र-धनुर्विद्या, सब में उनकी निपुणता बढ़ती जाती है। धनुर्विद्या तो उन्हें विशेष प्रिय है, चुने हुए लक्ष्य को अपने तीर से बेधना उनकी नित्य क्रीड़ा है, वे निशाना लगाते जाते हैं और उनके संगी-साथी उन्हें वे तीर वापस लाकर देते रहते हैं।

जमदग्नि को दुर्बलता, क्षुद्रता, चालाकी प्रिय नहीं, उनके सहपाठियों में जो भी उनकी मित्र मंडली में आता है, वह श्रेष्ठता की ओर बढ़ने लगता है। साहस, सेवा, सत्य और श्रम, सतत श्रम जमदग्नि का जीवन है।

उनके गुणों की ख्याति अब आश्रम की सीमा के बाहर भी फैल रही है। युवावस्था की ओर बढ़ते हुए जमदग्नि दिनोदिन और भी प्रखर होते जा रहे हैं। यह देखकर पिता ऋचीक और माता सत्यवती निहाल होते रहते हैं।

पिता की अनुमति से जमदग्नि देश-देशांतर में देशाटन करते हुए सामाजिक जीवन में समरसता और सज्जनों में संगठन का प्रयत्न करते हैं। भार्गवों के आश्रम सर्वत्र हैं, युवा जमदग्नि ने इनकी संख्या और सक्रियता बढ़ाने के लिए कठिन श्रम किया है। चंबल, नर्मदा, गंगा किनारे जप-तप करने और आश्रम बनाने के बाद वे हिमालय के पर्वतीय समाज में लोकदेवता की तरह प्रतिष्ठित हो रहे हैं। हिमाचली उन्हें 'जमलू' कहकर श्रद्धापूर्वक पूजते हैं, किंतु वे तो बहते पानी की तरह स्थान-स्थान पर अपने पदचिह्न छोड़ते हुए आगे बढ़ते जाते हैं। उनके

सम्मोहक व्यक्तित्व में ऐसा आकर्षण है कि जहाँ भी प्रजाजन उनके विचरण की सूचना पाते हैं, वहीं पहुँच जाते हैं। जमदग्नि को साधना के लिए एकांत चाहिए, इसलिए एकांत भंग होते ही वे वह कुटिया छोड़कर आगे चल पड़ते हैं। एकांत सेवन के बाद वे माता-पिता की सेवा में घर लौटते हैं।

विश्वामित्र की चतुरंगिणी सेना आक्रमण की तैयार कर रही है, यह सूचना मिलते ही वसिष्ठ और उनके सैन्याधिकारी सतर्क हो गए।

नियमित सैन्यबल के साथ प्रजाजन अपनी स्वतंत्रता और स्वाभिमान की रक्षा करने आ खड़े हुए, आर्यों और अनार्यों के साथ ही कांबोज, यवन, बर्बर, शक, हरित और किरात योद्धा भी स्व प्रेरणा से आ जुटे। सेनानायकों की रणनीति और स्वयं सेवकों का शौर्य आक्रामक को मुँह तोड़ उत्तर देने तैयार था।

अति आत्मविश्वास से भरे विश्वामित्र तब अवाक् रह गए, जब उनकी वेतनभोगी सेना वसिष्ठ के स्वयंसेवकों से परास्त हो गई। उनके अधिकांश सैनिक मारे गए। जो बचे, वे भाग निकले। विवश और हतप्रभ विश्वामित्र को भी पलायन करना पड़ा।

राजधानी लौटकर उन्होंने अपने सैन्यबल को पुनः संगठित किया और तैयार कर विद्युत् गति से पुनः आक्रमण कर दिया। वसिष्ठ जानते थे विश्वामित्र पराजय माननेवाले नहीं है, इसलिए उन्होंने आक्रामक के सत्कार की तैयार कर रखी है, उनकी जनसेना पूरे उत्साह में है। विश्वामित्र चौंकाने आए थे, किंतु बाणों की बौछार से स्वयं चौंक गए, उनकी हतबुद्धि सेना भाग खड़ी हुई, अपने गिरते-पड़ते सैनिकों के पीछे-पीछे वे भी वापस अपनी राजधानी लौट आए हैं। विजय के स्वप्न बिखर गए हैं, अब तो अपनी राजधानी बचाने का प्रबंध करना है, प्रजा को आदेश देने की जगह अनुरोध करना पड़ा कि वे अपने युवाओं को सेना में भेजें, क्योंकि वसिष्ठ के आक्रमण का भय है।

वसिष्ठ ने एक बार फिर उन्हें निराश किया। उन्होंने कान्यकुब्ज पर कोई आक्रमण नहीं किया। परास्त विश्वामित्र राज्य त्यागकर तपस्या के लिए प्रस्थान कर गए हैं।

विश्वामित्र ने कठोर तपस्या कर आशुतोष शिव को प्रसन्न किया।

भगवान् शिव से घातक अस्त्र-शस्त्र प्राप्त कर वे पुनः वसिष्ठ के राज्य पर

चढ़ बैठे, पर जनता जनार्दन की मृत्युंजयी समूह शक्ति से परास्त होकर बचा-खुचा सम्मान भी खो बैठे।

भीषण पराजय ने विश्वामित्र को परिवर्तित कर दिया। अपने पुत्रों को राज्य-शक्ति सौंपकर वे ब्रह्मशक्ति की खोज में अध्यात्म की ओर मुड़े।

अटूट तपस्या कर वे नए विश्वामित्र बन गए हैं, उनका आत्मबल उनके व्यक्तित्व में प्रकट होने लगा है, पराजय भूलकर वे नए तेज से संपन्न हो गए हैं, उनकी शिराओं में नई ऊर्जा दौड़ रही है। संयमित जीवन ने उन्हें पुनः यौवन से भर दिया है।

अपने तपोवन में अब भी अपने पुराने स्वप्न देखते हैं, उनकी प्रचलित परंपराओं में कोई आस्था नहीं है। वे प्राचीन रुढ़ियों, पुरोहितों के प्रभुत्व और असमानताओं को नष्ट कर विश्व को अधिक न्यायपूर्ण बनाना चाहते हैं, उनके मनोमस्तिष्क में उत्साह का ज्वार उमड़ रहा है।

बसंत ऋतुपूर्ण वैभव के साथ इस घनघोर वन में भी आ चुकी है। पलाश वृक्ष की शाखाएँ नवयौवना की तरह लालिमा से रसपूर्ण हैं, पृथ्वी ने हरीतिमा ओढ़ ली है, वनस्पतियों की मादक गंध का ऐश्वर्य हवा को पागल किए दे रहा है।

तपोवन के पास ही पर्वत से झरती हुई दूधिया जलधारा उन्हें बहुत प्रिय है और उसके गिरने से जो प्राकृतिक सरोवर बना है, उसमें घंटों तैरना ही उनका दैनिक उत्सव है।

वे उठ खड़े हुए सरोवर की ओर जा रहे हैं। नित्य की तरह आनंदमग्न होने, अपना उत्तरीय किनारे रख वे सरोवर में उतर पड़े हैं, अचानक उन्हें मधुर नारी कंठ से झरती स्वर लहरी सुनाई दी, उन्होंने उधर ध्यान दिया तो विस्मित रह गए, एक अपूर्व सुंदरी वन कन्या झरने की धार में भीग रही थी, वह स्वयं मुग्धा मानो स्वयं में ही डूबी थी, उसका अद्‌भुत सौंदर्य देख विश्वामित्र सबकुछ भूल गए, अपना राज्य, तपश्चर्या, पिछला जीवन, जय-पराजय सब। उस रूपसी के पास जाकर प्रणय निवेदन के अतिरिक्त उन्हें कुछ नहीं सूझा।

उस रूपसी ने तेजस्वी राजपुरुष को निराश नहीं किया, उन्हें मधुर हास्य के साथ जल-क्रीड़ा का आमंत्रण दिया। कई दिनों के बाद जब उन्माद का ज्वार थमा तब आनंदमग्न विश्वामित्र ने उसका नाम पता पूछा, "मैं मेनका हूँ ऋषिवर,

अप्सरा मेनका। देवलोक से आई हूँ, आपकी पृथ्वी कितनी आनंददायक है और यह तपोवन भी।"

"हाँ प्रिया और तुम्हारा साहचर्य भी कितना मधुर है!"

"अहोभाग्य, ऋषिवर।"

बसंत बीता, ग्रीष्म भी बीता, आषाढ़ भी, किंतु विश्वामित्र के तपोवन में ऋतुराज की लीला ही चल रही है। श्रावण-भादों, क्वार-कार्तिक, पौष-माघ सब आश्रम के द्वार पर ही ठिठके खड़े हैं, फिर एक दिन मेनका ने एक कन्या को जन्म दिया, कुछ और समय सुखपूर्वक बीता, अब विश्वामित्र का स्नेह-ज्वार, भावनाओं का उद्‌दाम आवेग धीरे-धीरे शांत हो रहा है, उन्हें याद आ रहा है, वे तो तपस्या करने आए थे। कुटिल कामदेव की सेवा करने नहीं, वे कभी मेनका को देखते, कभी नन्हीं बालिका को, अब वे आत्मसंघर्ष में हैं, मेनका को कैसे कहें कि वे पुनः वैराग्य लेना चाहते हैं, किस मुँह से वैराग्य की बात करें।

कई दिनों के ऊहापोह के बाद अंततः उन्होंने मेनका को अपने मन की बात कही। रुष्ट मेनका तत्काल उन्हें ही नहीं, नन्हीं बालिका का भी त्यागकर देवलोक चली गई। हैरान विश्वामित्र नन्ही बालिका के पालन-पोषण का दायित्व महर्षि कण्व को सौंपकर पुनः तपस्या के लिए चल पड़े। उनके भाग्य में ईश्वर ने अभी तक पराजय ही लिखी है। अपनी भाग्य रेखाओं से जूझने उन्हें बदलने के लिए वे पुनः संकल्पित हैं।

□

इक्ष्वाकुओं का आगमन

महर्षि ऋचीक संध्यावंदन में व्यस्त थे कि एक शिष्य ने आकर इक्ष्वाकु नरेश प्रसेनजित् के आश्रम में पधारने की सूचना दी।

पूजन से निवृत्त होकर महर्षि ने अतिथि का सत्कार किया, जो कि अपनी राजकुमारी व महारानी सहित पधारे थे। ऋषि पत्नी सत्यवती स्नेहपूर्वक महारानी व राजकुमारी को अपने साथ अतिथिगृह में ले गईं।

प्रसेनजित् ने विनयपूर्वक महर्षि से अनुरोध किया—

"मुनिवर, मेरी यह कन्या अब विवाह योग्य हो रही है। इसके सौंदर्य, ज्ञान व गुण अनुरूप वर ढूँढ़ने में मार्गदर्शन के लिए मैं आपकी शरण में आया हूँ। मेरे पिता के देवलोक गमन के बाद मुझे आप पर ही विश्वास है। आप आगे की राह बताइए।"

"चिंता मत कीजिए राजन, विधाता ने अवश्य ही कोई गुण-संपन्न वर नियत कर रखा होगा।"

"आप राजकुमारी की तेजस्विता के अनुरूप स्वयंवर का आयोजन कीजिए, जिसमें अभिलाषी युवक अपनी योग्यता प्रगट कर सकें और राजकुमारी अपने मनोनुकूल जीवनसाथी चुन सके।"

ऋषि का यह सुझाव मानकर प्रसेनजित् ने प्रार्थना की कि स्वयं ऋचीक भी सपरिवार स्वयंवर में उनका आतिथ्य स्वीकार करें, जिसे ऋषि ने मान लिया।

राजपुरोहित से मंत्रणा कर इक्ष्वाकु नरेश ने शुभ मुहूर्त में विशाल स्वयंवर का आयोजन किया, देश-विदेश के राजाओं को आमंत्रण भेजे गए।

□

स्वयंवर का संग्राम

स्वयंवर समारोह में अनगिनत राजा महाराजा, राजकुमार और महत्त्वाकांक्षी योद्धा पधारे। तेजस्विनी राजकुमारी ने समारोह स्थल का भ्रमण कर सभी राजाओं, महाराजाओं और राजकुमारों को देखा, किंतु उन्हें वे सब फीके और अनाकर्षक प्रतीत हुए। उन्हें जो धधकती हुई तेजस्विता पसंद आई, वह तो बस ऋषिकुमार जमदग्नि में थी। जो राजकीय अतिथि के रूप में विशिष्ट दर्शक दीर्घा में माता-पिता के साथ बैठे हुए थे।

राजकुमारी रेणुका ने अपनी जयमाल उनके गले में डाल दी तो राजपुरुषों-राजकुमारों ने उपद्रव मचा दिया।

उनके अहंकार को चोट लगी थी, इसलिए वे युद्ध करने को तत्पर हो गए, उन्होंने तलवारें निकाल लीं और धनुष पर बाण रखकर आक्रमण का उद्घोष किया।

जमदग्नि की धनुर्विद्या काम आई, उन्होंने पल भर में कितनों के धुनष अपने तीरों से विनष्ट कर दिए, किसी की डोरी काट दी, किसी का धनुष दो टूक कर दिया, किसी के हाथ को ही घायल कर दिया कि सभी चमत्कृत हो गए। वे साक्षात् अग्नि के समान सर्वत्र एक साथ प्रज्वलित दिखाई दे रहे थे, भयभीत विरोधियों की तलवारें म्यानों में वापस गईं, धनुर्विद्या में उनकी श्रेष्ठता अकाट्य रूप से प्रमाणित हो गई। राजाओं ने आयोजन स्थल छोड़ने में भलाई समझी।

गद्गद प्रसेनजित् ने राजकुमारी रेणुका के निर्णय को सहर्ष-सगर्व स्वीकार कर लिया। विवाह में देवराज इंद्र भी स्वयं सम्मिलित हुए, उन्होंने नवदंपती को चिंतामणि व कल्पवृक्ष उपहार में दिए।

विवाहोपरांत नवदंपती गंगा तट स्थित जमदग्नि के नए आश्रम में निवास करने लगे। रेणुका का पाँव पड़ते ही जमदग्नि का गुरुकुल जगमगा उठा। आश्रम का सारा प्रबंधन राजकन्या ने ऐसा सुव्यवस्थित कर दिया है कि ऋषि अपना पूरा समय पठन-पाठन-अनुसंधान में दे सकते हैं। आश्रम की व्यवस्थाओं, भोजन, भंडार-गृह, अतिथि सत्कार से वे निश्चिंत है।

शिक्षा का स्तर उत्कृष्ट होने से विद्यार्थियों की संख्या निरंतर बढ़ती जा रही है और प्रतिवर्ष गुरुकुल का विस्तार हो रहा है।

दांपत्य सुख जमदग्नि और रेणुका के चेहरे पर प्रशांति और प्रसन्नता बनकर खेलता रहता है, आश्रम में सुंदर फलों लदे हुए वृक्ष हैं, जिन पर एक से एक सुंदर पक्षी निवास करते हैं, संपूर्ण आश्रम जैसे एक विशाल पुष्प वाटिका है, जहाँ नयनाभिराम तितलियाँ मंडराती रहती हैं।

गिलहरियाँ, मोर, तोते, हिरन, खरगोश—सब निर्भय-सानंद विचरण करते हैं।

□

भृगुओं का संघर्ष

सृष्टि की रचना करते हुए प्रजापति ने मृत्युलोक बनाया। विकास और जनसंख्या वृद्धि के साथ मानवों के आपसी संघर्ष जब अराजक होने लगे, तब अव्यवस्था दूर करने राजा और राज्य का आविष्कार हुआ।

धर्मशास्त्रों ने राजाओं को विष्णु के समान बताया—अग्नि, पवन, वरुण, सूर्य की शक्तियों से युक्त किया और प्रजा से कर वसूल करने का अधिकार भी दिया, किंतु यह महत्ता और अधिकार लोक-कल्याण के लिए दिए गए थे, व्यक्तिगत विकास के लिए नहीं। राजा को देवत्व प्रदान किया गया था, वह उसे क्षुद्रता और पतन से बचाकर आदर्श व्यक्ति बनने की प्रेरण के लिए था।

धर्मशास्त्रों ने राजाओं को वेदविहित सन्मार्ग पर चलाने के लिए ऋषिसत्ता को धर्मदंड को राजदंड पर भी श्रेष्ठता दी थी, ताकि राजा भटके तो धर्माचार्य उसे नियंत्रित करे।

कर्तव्य से भटके हुए राजाओं को पद से हटाने और उनकी हत्या करने को भी धर्मसम्मत माना गया। राजा के सचिव भी यदि कर्तव्य से भटकें तो उन्हें भी कठोर दंड का प्रावधान रखा गया।

अनेक युगों तक यह व्यवस्था बढ़िया चली, किंतु कालांतर में न तो धर्माचार्य वैसे रहे और न राजा ही। कर्तव्य-बोध दुर्बल होता गया और व्यक्तिगत सुख-सुविधा विलास-अहंकार प्रबल होते गए।

सेना राज्य की सीमाओं की रक्षा के बजाय राजा की रक्षा करने लगी। दस्युओं, चोरों, असामाजिक तत्त्वों के दमन के लिए नियुक्त अधिकारी प्रजाजनों का ही दमन और शोषण करने लगे। राज्यतंत्र अब लोक-कल्याण का नहीं, आतंक और भय का प्रतीक हो गया।

शस्त्रबल से राजा और राज्य जनजीवन के प्रत्येक अंग पर हावी होने लगे। राजपुरोहित, अमात्य और सेनापति अब राजा के विनम्र आदेशपालक होने लगे, जब राजा ही राजधर्म का पालन न करे तो नीचे वाले ही कब तक कर्तव्यों का बोझ उठाते।

सनातन परंपरा यह थी कि राजा बचपन में गुरुकुल में सामान्य विद्यार्थियों के साथ शिक्षा ग्रहण करे। सभी विद्याओं में निपुण बने, युवावस्था में नियम-संयम के साथ ऋषि सत्ता के मार्गदर्शन में प्रजा का लालन-पालन करे। वृद्धावस्था में अपने उत्तराधिकारी को सत्ता सौंपकर वानप्रस्थ हेतु प्रस्थान करे।

नए समय में यह परंपरा ध्वस्त होने लगी, धर्मसत्ता ने राजा को सत्यमार्ग बताने का साहस खो दिया, सचिव और अमात्य भी सुख-सुविधाओं के दास होने लगे, जिन्होंने लोक-कल्याण के लिए सत्य बोलने का साहस किया, उनके राजकीय दमन की कहानियों ने शेष समाज को कायरता का पाठ अच्छे से पढ़ा दिया।

भृगुवंश के कुलपति ने समय की धारा में बहने से इनकार कर दिया और वे राजा की निरंकुशता के प्रवाह में बहने की बजाय दृढ़ चट्टान बनकर खड़े हो गए, अब संघर्ष को कौन टाल सकता था!

□

हैहयों का उत्थान

यदुवंशी सहस्त्रजित् ने कठोर परिश्रम व उज्ज्वल आचरण से अपने नवोदित राज्य को सुदृढ़ आधार दिया, उनके पुत्र शतजित् ने अपनी योग्यता से उस नींव पर साम्राज्य का विशाल महल खड़ा करना प्रारंभ किया। शतजित् के वंशजों में एक प्रतापी राजा हैहय जनमा, जिसने अपने शौर्य, साहस, पुरुषार्थ से राज्य को इतना समृद्ध और विशाल बनाया कि उसके वंशज स्वयं को हैहयवंशी कहने लगे।

हैहय के प्रपौत्र साहजन्य ने सांहिजिनिपुरी नामक भव्य नगर बसाया। साहजन्य के पुत्र महिष्मान ने नर्मदा तट पर अपने पूर्वजों द्वारा बसाए नगर माहिष्मती को अपनी राजधानी बनाया।

हैहयवंश के विस्तार में उनके राजपुरोहित भृगुवंश की महत्त्वपूर्ण भूमिका थी। वे साम, दाम, दंड, भेद से राज्य संचालन से लेकर युद्धों तक में प्राणपण से राजा का साथ देते थे। उनके उत्कृष्ट वित्त प्रबंधन से राज्य समृद्ध हुआ था, व्यवसाय दिन दूना और रात चौगुना फला-फूला था, सुशासन से प्रजाजन आनंदित थे।

कौशिकी नदी के तट पर तपस्यारत विश्वामित्र ईश्वरभक्ति में समाधिस्थ हैं। पद्मासन में बैठे विश्वामित्र का व्यक्तित्व दिव्यता से दीप्त है। वे वन देवता सदृश सुदर्शन प्रतीत हो रहे हैं।

सौंदर्यवती अप्सरा रंभा उन पर मोहित है, उसका प्रणय-निवेदन ऋषि की तपस्या में व्यवधान है। वे क्रुद्ध होकर उसे श्राप दे देते हैं, बाद में उन्हें अपने क्रोध पर पछतावा होता है, उन्हें लगता है, काम को तो मैंने जीत लिया, किंतु

क्रोध ने मुझे जीता, मेरा तप व्यर्थ है, वे पुनः पश्चात्ताप के साथ उग्र तपस्या में डूब जाते हैं।

घनघोर तपस्या से वे अपने काम और क्रोध याने तमोगुण को नियंत्रित करने में सफल हुए हैं, किंतु सतोगुण अभी दूर है, उससे पहले रजोगुण का भीषण चक्रव्यूह पार करना है।

राजा कल्माषपाद को सत्ता का अहंकार हो गया है। सामाजिक शिष्टाचार कहता है कि यदि कहीं किसी मार्ग पर कोई विद्वान्, ऋषि, चिकित्सक या अस्वस्थ व्यक्ति आ रहा हो तो शेष जन उसे मार्ग दें और उसके जाने के बाद ही आगे बढ़ें।

सभी इस शिष्टाचार का पालन करते हैं, किंतु राजा कल्माषपाद स्वयं को हर परंपरा, शिष्टाचार और विधि-निषेध के ऊपर मानते हैं। एक दिन एक संकीर्ण मार्ग पर वे चले जा रहे थे, सामने से वसिष्ठ पुत्र शक्ति आ रहे थे, जो स्वयं बड़े तेजस्वी और विद्वान् थे, कल्माषपाद ने अशिष्टतापूर्वक उन्हें मार्ग देने के स्थान पर उन पर तलवार से प्रहार कर दिया, प्रहार से आहत शक्ति ने अंतिम श्वास लेने से पहले कल्माषपाद को श्राप दे दिया।

श्रापग्रस्त कल्माषपाद विश्वामित्र की शरण में गए। विश्वामित्र वसिष्ठ का सर्वनाश देखने के इच्छुक थे, उन्होंने कल्माषपाद को शापमुक्ति के लिए आश्वस्त करते हुए वसिष्ठ के वंशनाश के लिए उकसाया। वसिष्ठ के सभी पुत्रों की हत्या के बाद कल्माषपाद की बुद्धि जागृत हुई और उसने शक्ति के गर्भस्थ शिशु को जीवित छोड़ दिया।

उधर विश्वामित्र हर उस व्यक्ति को शरण-प्रोत्साहन देने में लगे थे, जो वसिष्ठ के विरुद्ध हो या उनसे निराश हो। कठोर तपस्या भी उनके रजोगुण, उनकी राजनीति का बाल बाँका नहीं कर सकी थी।

त्रिशंकु बने महाराज सत्यव्रत ने तीन गंभीर पाप किए थे। प्रथम—गोवध, द्वितीय—एक स्त्री की इच्छा के विरुद्ध उसका हरण और तृतीय अपने पिता का असम्मान।

तब भी वह स्वर्ग जाने का हठ लिये, वसिष्ठ की शरण में गया।

वसिष्ठ के मना करने पर विश्वामित्र ने सहर्ष उसे अपनी शरण में ले लिया,

अपने तपोबल और रजोगुण से इंद्र को बाध्य कर उन्होंने त्रिशंकु को स्वर्ग भेज दिया। उनका प्रताप दिग्दिगंत में गूँजने लगा। अंततः उन्होंने असंभव को संभव कर दिखाया। वर्षों बाद वे आत्म-गौरव से अभिभूत हैं। संतुष्ट विश्वामित्र अब सतोगुण की ओर अग्रसर हैं।

महिष्मान के यशस्वी राज्यकाल में माहिष्मती का वैभव और प्रभाव दोनों में अपूर्व वृद्धि हुई, किंतु उसके उत्तराधिकारी के शासन में उन्नति का स्थान अवनति ने ले लिया।

महिष्मान के पुत्र को राजपुरोहित का मार्गदर्शन स्वीकार नहीं था। वह स्वयंभू शासक होना चाहता था। भार्गवों का वर्चस्व उसे रास नहीं आया, इसीलिए राजपुरोहित की उपेक्षा करते हुए वह चाटुकारों के चंगुल में फँस गया।

राज्य की स्थापित वित्त-नीति का उल्लंघन करते हुए उसने अपनी योग्यता साबित करने के लिए मनमाने व्यय किए। राजपुरोहित के कड़े अनुशासन में आय की सीमा में रहते हुए व्यय करने की नीति का उसने उलट दिया। अब विशेषज्ञों के अनुभव की कोई आवश्यकता न रही। राजा की इच्छा या सनक से राजकोष के द्वार चाहे जब खुलने लगे, व्यय के मान से आय बढ़ाने के सिर्फ विचार और घोषणाएँ भर हुईं, मनमाने खर्चों से राजकोष ऐसे रिक्त हो गया, जैसे ग्रीष्म ऋतु में नदियाँ रिक्त हो जाती हैं।

रिक्त राजकोष सतत युद्धों का बोझ नहीं उठा सकता था। विशाल सैन्यबल का वेतन भुगतान भी कठिन होने लगा, तब किसी चाटुकार ने राजा को सुझाया कि जो भी राज्य के धनी-मानी लोग हैं, उन्हें अधिक-से-अधिक धन राजकोष में जमा करना चाहिए, इससे वित्तीय संकट तत्काल समाप्त हो जाएगा।

तत्काल राजाज्ञा हुई, समृद्ध नागरिकों ने जो पाई-पाई पीढ़ियों से जोड़ी थी, राजकोष में समर्पित कर दी, किंतु खर्चों पर नियंत्रण और विवेक के अभाव में राजकोष प्यासा का प्यास ही रहा।

धनी-मानी वैश्यों के बाद अब समृद्ध भृगुवंशियों की बारी आई। उन्हें भी राजाज्ञा से राजकोष भरने को कहा गया। उन्होंने अनिच्छा से ही सही, अपना संचित धन राजकोष में जमा करा दिया, किंतु मनमाने खर्च तो कुबेर के खजाने को भी रिक्त कर सकते हैं, इसलिए राजकोष की प्यास अब भी नहीं बुझी।

अनियंत्रित विलासिता की ज्वाला में क्षणभंगुर राजकोष कैसे टिकता। युगों के परखे गए प्रबंधन के नियमों की अवहेलना अब भारी पड़ रही थी। विकट आर्थिक संकट में राज्य ने अपनी ही प्रजा की गरदन पर सख्ती की तलवार टिका दी।

नतीजा जन प्रतिरोध के रूप में सामने आया। प्रजाजन और सैन्यबल एक-दूसरे के साथ संघर्ष में उलझ गए, कहीं प्रजा भारी हो गई तो कहीं सैनिक, सर्वत्र रक्तपात, आग, धुआँ, चीख-पुकार का दृश्य था।

भार्गवों के स्वाभिमान ने आग में घी का काम किया। समृद्ध भागर्व शास्त्र और शस्त्र के अलावा व्यापार एवं वाणिज्य में भी निपुण थे। वे राजसत्ता में परंपरा से बराबर के अधिकारी थे, आखिर हैहय साम्राज्य के फलने-फूलने में उनका निर्णायक योगदान था। राजा राज्य करता था, पर नीति-नियंता तो भृगुवंशी ही थे।

जब राज्य अपने उत्कर्ष पर पहुँच गया तो राजा और उसके चाटुकारों को भृगुवंशियों का अस्तित्व खटकने लगा। ऋषिसत्ता और राजसत्ता के संतुलित समन्वय से, जो चहुँमुखी समृद्धि आई थी, वह हैहयवंशियों के मस्तिष्क में मदिरा की तरह चढ़ गई। सामंतों, दरबारियों, राजकुमारों और राजा को पग-पग पर आचरण नियंत्रित करनेवाले भृगुवंशी काँटे की तरह खटकने लगे।

कुछ चाटुकारों ने राजा को सलाह दी कि ये भृगुवंशी राज्यतंत्र से मिलनेवाले सम्मान-सुविधा-संपत्ति से बौरा गए हैं। यदि इनकी संपत्ति छीन ली जाए तो इनके अभिमान और अहंकार का उपचार हो जाएगा।

राज्य का दमनचक्र प्रारंभ हुआ, भृगुवंशियों के घरों, प्रतिष्ठानों को सैन्यबलों ने लूट लिया, पुरुष मारे गए, स्त्रियों और बच्चे जान बचाकर भागे। कल तक राजा से प्रजा तक, जिनके मंगल आशीर्वादों के आकांक्षी थे, वे पड़ोसी राज्यों में शरणार्थी हुए।

अचानक आक्रमण के आघात से उबर कर भृगुवंशी संगठित हुए। उन्होंने पलटकर प्रतिशोध लिया और जहाँ-तहाँ सैन्यबलों तथा हैहयवंशीय सामंतों को अपने सामर्थ्य का स्वाद चखा दिया।

हैहयराज ने अब निर्णायक पलटवार करते हुए भृगुवंशियों के समूल नाश के आदेश दिए—स्त्रियाँ, बच्चे ही नहीं गर्भस्थ शिशु भी राजकीय प्रतिशोध की भेंट चढ़ गए।

भृगुवंशियों ने अब वनों, पर्वतों और कंदराओं की शरण ली, स्वयं को संगठित किया, संसाधन जुटाए। प्रजाजनों को, जिनमें अधिकांश हैहयवंश से पराजित-प्रताड़ित थे, उन्हें संबल दिया, शस्त्र विद्या सिखाई, साहस का संचार किया। सुसज्जित सेना बनाई और हैहयों पर छापामार हमले कर उन्हें भयभीत तथा स्तब्ध कर दिया। उनका कुलपति एक किशोर बालक ओर्व था, जो संघर्ष के दौरान वनों में ही जनमा था।

ओर्व ने अपनी माँ से भार्गवों के वैभव और प्रतिष्ठा की कहानियाँ सुनी थीं। रात-दिन उसकी आँखों में विजय के स्वप्न ही अठखेली करते थे। उसके भीषण और प्राणांतक हमलों से त्रस्त हैहयवंश ने संधि का प्रस्ताव दिया, भार्गव भी रक्तपात से त्रस्त हो चुके थे, वैसे भी युद्ध उन्होंने आरंभ नहीं किया था।

सम्मान और संपत्ति की वापसी की शर्त पर संघर्ष समाप्त हुआ। दोनों पक्षों ही नहीं संपूर्ण राज्य ने चैन की साँस ली। यह आत्मघाती संघर्ष थमते ही जनजीवन वापस सामान्य होने लगा।

निरंतर संघर्षों से जर्जर हुई है हयराज दुर्दम की देह ने अंतिम साँस ली, उनके पुत्र धनक भी बहुत दिन नहीं जिए, तब युवराज कृतवीर्य सिंहासन पर आसीन हुए।

□

प्रतापी कृतवीर्य और उनका पुत्र कार्तवीर्य

कृतवीर्य व्यवहार-कुशल शासक, प्रतापी योद्धा और प्रजावत्सल प्रशासक थे। उन्होंने भृगुवंशियों के हृदयों को अपनी मधुरवाणी और दानशीलता से जीत लिया। जिससे हैहयों और भार्गवों की कलह को विराम मिला, किंतु दूध से जले भार्गव दोबारा राज प्रासादों में नहीं लौटे। वे अपने आश्रमों में ज्ञान-विज्ञान-शस्त्र-शास्त्र-विद्या में ही रमे रहे।

विजेता ओर्व के पुत्र ऋचीक और पौत्र जमदग्नि को भी राजकाज में कोई रुचि नहीं थी, वे राज के बजाय समाज को श्रेष्ठ बनाने के अभियान में लगे रहे। इससे संघर्ष की आशंका भी टलती ही रही।

महाराज कृतवीर्य ने राज्य के वाणिज्य, कृषि कार्य, सिंचाई सुविधा आदि पर ध्यान देकर प्रजा को संपन्न-सुखी बनाया। जहाँ संभव हुआ राज्य का विस्तार भी किया। सतत यज्ञों, संतुष्ट पुरोहितों और सुसज्जित सैन्यबल से वे अपने राज्य को नई ऊँचाइयों पर ले गए।

हैहय सम्राट् कृतवीर्य समस्त चंद्रवंशियों में अत्यंत यशस्वी थे, उनका विवाह राजकुमारी पद्‌मिनी देवी से हुआ था, जो अपनी सत्यनिष्ठा के लिए विख्यात राजा हरिश्चंद्र की कन्या थी।

एक श्रेष्ठ सुयोग्य पुत्र की प्राप्ति की कामना से महारानी पद्‌मिनी ने श्रद्धापूर्वक ईश्वर की अराधना दान-पुण्य किए। शीघ्र ही ईश्वर ने उनकी प्रार्थना सुनी और उन्होंने एक सुंदर बालक को जन्म दिया। संपूर्ण राज्य में हर्षोल्लास का ज्वार आ गया। महाराज कृतवीर्य के उत्तराधिकारी का जन्म-उत्सव प्रजाजनों के आह्लाद का अवसर बन गया—मंगलगीतों, शंख ध्वनियों, नृत्य-मंडलियों के

साथ सर्वत्र बधाइयों और उत्सव-भोजों का अटूट क्रम प्रारंभ हुआ।

राज्य और राजकुमार दोनों बड़े होते गए। सुकुमार बालक किशोरावस्था पूर्ण कर एक सुगठित, सुशिक्षित, विचारवान योद्धा बन गया।

ऐसे सुयोग्य उत्तराधिकारी को पाकर महाराज कृतवीर्य संतुष्ट थे। अपना यशस्वी जीवनपूर्ण कर जब उन्होंने अंतिम साँस ली तो कुल पुरोहित और मंत्रियों ने राजकुमार से सिंहासन सँभालने का आग्रह किया, क्योंकि शोक अवधिपूर्ण होने के बाद भी राजकुमार ने इस संबंध में कोई उत्सुकता नहीं दिखाई थी।

राजकुमार ने प्रस्ताव अस्वीकार करते हुए शालीनतापूर्वक कहा, "महानुभावो, जो भविष्य में नरक का मार्ग बनेगा, वह राज्य मुझे स्वीकार नहीं है। प्रजाजनों से कर वसूल करने के बाद भी उनका कल्याण न करे, ऐसे राज्य का क्या लाभ?"

"हे सभासदो, वणिक अपने लाभ का बारहवाँ अंश राजा को इसलिए देते हैं, ताकि वह मार्ग के लुटेरों से उनकी रक्षा करे।

"किसान अपनी फसल का छठा भाग, ग्वाले घी दूध का, श्रमिक श्रम का छठवाँ भाग राजा को सुरक्षा, सुव्यवस्था, न्याय सुनिश्चित करने के लिए वेतन की तरह देते हैं, किंतु उन्हें अपनी सुरक्षा स्वयं करनी पड़ती है तो कर वसूल करनेवाले राजा का नरक जाना तय है। मैं तपस्या कर यदि आध्यात्मिक शक्तियाँ भी प्राप्त कर लूँ तो अपनी प्रजा का पालन सुनिश्चित ढंग से कर पाऊँगा और मुझे कर्तव्य में कमी का दोष भी नहीं लगेगा।"

राजकुमार का यह निश्चय सुनकर राजपुरोहित ने परामर्श दिया कि ब्रह्मा, विष्णु, महेश—तीनों के अंशों से अवतरित अवधूत भगवान् दत्तात्रेय की उपासना करने से यह लक्ष्य प्राप्त हो सकता है।

राजकुमार की तपस्या अवधि में मंत्रिमंडल सामूहिक विवेक से राजकार्य संचालित करें।

राजकुमार अर्जुन ने राजसी वैभव छोड़कर सह्याद्रि पर्वत पर स्थित अवधूत भगवान् दत्तात्रेय की शरण ली। उनके कठोर तप और सेवा से प्रसन्न दत्तात्रेय ने वर माँगने की आज्ञा दी।

माहिष्मती के भावीराजा ने प्रार्थना की, "देव, मैं अपनी प्रजा का संपूर्ण कुशलक्षेम इच्छा मात्र से कर सकूँ। मैं दूसरों के मन की बातें जान सकूँ, युद्ध में कोई मेरा सामना न कर सके, मैं सर्वत्र वेगवान रहूँ, कभी भटकूँ तो मार्गदर्शक मिले, मेरी दानशीलता और धन दोनों ही अक्षुण्ण रहें और मेरी अंतिम गति श्रेष्ठतम शक्ति के हाथ ही हो।"

"तथास्तु! तुम्हारे सब मनोरथ पूर्ण होंगे, तुम चक्रवर्ती सम्राट् बनोगे।" इतना कहकर दयालु दत्तात्रेय अंतर्धान हो गए।

तपस्वी राजकुमार भगवान् दत्तात्रेय से मुँहमाँगा वरदान लेकर लौट रहे हैं, यह सुनते ही संपूर्ण माहिष्मती राज्य में जैसे बसंत ऋतु आ गई, सर्वत्र आनंद का वातावरण हो गया, प्रजाजन उनके मार्ग में पुष्पवर्षा के लिए स्पर्धा कर रहे थे।

राजधानी लौटकर वैदिक मंत्रों और मंगलाचरणों के बीच उन्होंने राजसिंहासन ग्रहण किया।

भव्य राजदरबार में उन्होंने पहला उद्घोष किया, अपनी प्रजा के कुशल-क्षेम की समस्त जिम्मेदारी मैं स्वीकार करता हूँ।

"आज से मेरे राज्य में मुझे और मेरी सेना को छोड़कर, जो भी शस्त्र ग्रहण करेगा या हिंसा करेगा, वह मृत्युदंड का भागी होगा। प्रजा किसी भी संकट में, चाहे वह व्यक्तिगत हो या सामाजिक, व्यापारिक या पारिवारिक, मेरा स्मरण कर सकती है, मैं अहर्निश उसकी सेवा का संकल्प लेता हूँ।"

प्रजाजन अपनी समस्त शक्ति उत्पादन, वाणिज्य, कृषि आदि की प्रगति में निर्भय होकर लगाएँ—नागरिकों, ग्रामीणों, वनवासियों को आत्मविश्वासपूर्वक अपने उत्थान की पूर्ण स्वतंत्रता है। कुशल जनकल्याणकारी घोषणाएँ राजकीय मुनादी करनेवालों के ढोल-ढमाकों के साथ गाँव-गाँव, गली-गली में गूँजी, प्रजा हर्षोन्मत्त हो उठी। सम्राट् कार्तवीर्य अर्जुन की जय-जयकार माहिष्मति की सीमाओं के बाहर भी सुनाई देने लगी।

युवा राजा की चुस्ती और फुर्ती संपूर्ण शासन तंत्र में दिखाई देने लगी। निर्णय तेजी से होने लगे। कठोर दंड व्यवस्था के निष्पक्ष क्रियान्वयन से शांति सुव्यवस्था का सुख पाकर प्रजा आनंदित हो उठी। गुप्तचर व्यवस्था इतनी

पैनी कि अपराध घटने के पहले ही अपराधी दबोच लिये जाते; किसान निर्भय होकर कृषिकार्य में जुट गए वणिक व्यापार में, शिल्पकार शिल्प कार्य में, प्रजा की धर्म-कर्म में आस्था बढ़ने लगी।

राजा स्वयं स्वर्णमंडप में बैठकर यज्ञ-हवन करते, गुणीजनों को स्वर्ण मुद्राएँ दान देते, सड़कें, नहरें, सरोवर, पेयजल कुएँ, मार्गों पर वृक्षारोपण और सुरक्षा चौकियाँ वरदान साबित हुईं।

□

सहस्रबाहु की विजय-यात्रा

राज्य की आंतरिक व्यवस्था सुदृढ़ करने के बाद सहस्रबाहु ने विश्व विजय का संकल्प किया। पहला हमला पड़ोसी कार्कोटों पर हुआ, वे पूर्णत: परास्त हुए, विजेता हैहयों ने उनकी बस्तियाँ जलाकर भस्म कर दीं।

अगला निशाना अयोध्या के इक्ष्वाकु बने, वे ढंग से प्रतिरोध भी न कर सके और राजपरिवार को आत्मरक्षा के लिए महल छोड़कर भागना पड़ा। इक्ष्वाकुओं के राजा बाहू ने ओर्व ऋषि के आश्रम में सपरिवार शरण ली और इसी दशा में अपने पीछे गर्भवती पटरानी को छोड़कर वे चल बसे।

सतत विजय अभियानों से सहस्रबाहु का डंका अखिल भूमंडल में बजने लगा, इसी समय सिंहल द्वीप में एक नया विजेता उदित हो रहा था।

पौलत्स्य ऋषि का वंशज रावण विश्वविजय की आकांक्षा से विशाल सेना लिये नर्मदा तट तक चला आया।

शिवभक्त रावण सहस्रार्जुन से युद्ध चाहता था। मार्ग के सभी राज्यों को परास्त करते हुए वह आँधी की तरह नर्मदा की उत्ताल तरंगों के तट पर उतरा। युद्ध से पूर्व अपने इष्टदेव की आराधना के लिए उसने पवित्र नर्मदा के किनारे की रेत से विशाल जलहरी बनाकर अपने साथ लाए स्वर्ण शिवलिंग का पूजन प्रारंभ करना चाहा। अभी वह अपना मंत्रोच्चार प्रारंभ भी नहीं कर पाया था कि नदी का जलस्तर एकदम बढ़ गया, जैसे कोई बाढ़ आ गई हो और उसमें रावण का स्वर्ण शिवलिंग भी समस्त पूजन–सामग्री सहित बह गया।

आश्चर्यचकित रावण ने एक सैन्य टुकड़ी को छानबीन के लिए भेजा कि अचानक ऐसी बाढ़ क्यों आई? जाँच दल ने लौटकर बताया कि यहाँ के सम्राट्

सहस्त्रबाहु ने अपनी रानियों के साथ जलक्रीड़ा करने के लिए नदी के प्रवाह को बलपूर्वक अवरुद्ध कर दिया है, जिससे इस क्षेत्र में जल एकत्र हो जाने से बाढ़ जैसा दृश्य उपस्थित हो गया है। क्रुद्ध रावण घायल सर्प सा फुफकारता हुआ अपने सैन्य बल के साथ उसी ओर बढ़ा, जहाँ सम्राट् सहस्त्रबाहु जलक्रीड़ा में लीन था।

राक्षसराज रावण ने नर्मदा के उस विशाल जलाशय में सुंदर स्त्रियों से घिरे हैहयराज अर्जुन को देखा। क्रोध से भरे हुए रावण ने सुरक्षा में खड़े हैहयराज के मंत्रियों को रोषपूर्ण वाणी में कहा, "मंत्रियो! आप हैहयराज को शीघ्र सूचना दें कि राक्षसराज रावण उनसे युद्ध के लिए आया है।"

हैहयराज के मंत्री हथियार लेकर खड़े हुए और उपहास करते हुए बोले, "वाह राक्षसराज वाह! आपको युद्ध के अवसर की गहरी सूझ है, जब हमारे महाराज मदमस्त होकर जलक्रीड़ा में रत हैं, तब आप युद्ध का आह्वान दे रहे हैं। आप औचित्य-अनौचित्य तो जानते होंगे? यदि आपको युद्ध की ऐसी ही लगन है तो आज क्षमा करो और विश्राम करो, कल हमारे सम्राट् आपकी युद्ध की तृष्णा को अच्छे से तृप्त कर देंगे।"

हैहयों के उत्तर से क्रुद्ध राक्षस उत्तेजित हो गए, उन्होंने सीधे हमला कर दिया, हैहय योद्धा भी कहाँ दबनेवाले थे, उन्होंने अपने भालों, त्रिशूलों, तलवारों से जवाबी आक्रमण किया।

कोलाहल सुनकर हैहयराज अत्यंत क्रुद्ध हुआ। वह जलक्रीड़ा त्यागकर बाहर आया, अपनी विकराल गदा उठाकर राक्षसों पर वज्र की तरह टूट पड़ा, उसके एक प्रहार में रावण का सहयोगी प्रहस्त धराशायी हो गया। उसकी दुर्दशा देख मारीच, शुक्र, सारण, महोदर और धूम्राक्ष समरभूमि से जान बचाकर भागे, अब अकेला रावण बचा, दोनों में भीषण गदायुद्ध प्रारंभ हुआ, जैसे दो पहाड़ आपस में मल्लयुद्ध कर रहे हों, दोनों एक-दूसरे को गदा मारते और चुस्ती से प्रतिद्वंद्वी से अपनी देह बचाते जूझ रहे थे। दो विशाल जंगली भैंसों या गजराजों के युद्ध जैसा भीषण दृश्य था।

अर्जुन ने मौका पाकर रावण की छाती पर भीषण गदा प्रहार किया,

वक्षस्थल तो सुरक्षित रहा, पर कवच टूटकर नीचे गिर गया। यही पल था, जब एक प्रहार रावण को ध्वस्त करने के लिए पर्याप्त होता।

हैहयराज ने लपककर गदा का अचूक प्रहार किया, जिसके आघात से रावण मरा तो नहीं, परंतु जमीन पर बैठ गया, उसे चक्कर आ गया था।

अर्जुन को इसी क्षण की प्रतीक्षा थी उसने उछलकर उसकी दोनों बाँहें पीछे से पकड़कर घुटना पीठ पर टिकाकर उसे काबू में कर लिया। उसके सहायकों ने तत्काल मोटे रस्सों से आक्रामक राक्षसराज के हाथ-पाँव, कमर कसकर बाँध दिए, अपने स्वामी की यह दशा देख राक्षसों ने लौटकर पलटवार किया, किंतु निष्फल रहे। विजयी हैहयराज ने जय-जयकार के घोष और बँधे हुए रावण के साथ राजधानी में प्रवेश किया। रावण को पशुशाला में जानवरों के साथ बाँध दिया गया, जहाँ माहिष्मती वासियों के झुंड-के-झुंड इस विचित्र प्राणी के दर्शनार्थ उमड़ रहे थे।

रावण की दयनीय पराजय का समाचार सुनकर पुलस्त्य मुनि अपने पौत्र को मुक्त कराने माहिष्मती आए। उनके आग्रह पर हैहयराज ने मैत्री भाव तथा उदारता दिखाते हुए रावण को ससम्मान मुक्त कर दिया।

रावण की दयनीय पराजय ने हैहयों की प्रतिष्ठा और अभिमान दोनों को चरम पर पहुँचा दिया। उसका साम्राज्य नर्मदा से यमुना तक और बेतवा से समुद्र तक फैल गया।

सहस्त्रबाहु की चहुँमुखी सफलताओं से उनकी छवि अतिमानवीय हो गई, उनसे उपकृत कवियों, लेखकों ने उनकी प्रशस्तियाँ लिखीं, जो जनमानस में लोकप्रिय हो गईं।

प्रजा प्रसन्न और सुखी थी, क्योंकि उसकी सुरक्षा, समृद्धि, सुख सब स्वयं सम्राट सहस्त्रबाहु ने सुनिश्चित किया हुआ था। सहस्त्रबाहु का व्यक्ति आधारित शासन लंबे समय तक बहुत प्रभावी ढंग से चला। उनके सतत यज्ञों और दान-पुण्य से ब्राह्मण प्रसन्न थे, युद्धों में सतत विजय से योद्धा क्षत्रिय तृप्त थे, लाभदायक व्यापार से वणिक गद्गद थे। राजनीतिक स्थिरता में किसान शांति से खेती कर पा रहे थे, बुनकरों और रँगरेजों, कुम्हारों और चर्मकारों, बढ़ई

और लुहारों के पास साँस लेने का समय नहीं था। इतना काम उनके हाथ में था—शिकारी और पारदी, मछुआरे और श्रमिक सभी अपने राजा का गुण गाते थे—सर्वत्र शांति, स्थिरता और समृद्धि के चिह्न थे।

यज्ञ मंडपों का धुआँ कभी शांत नहीं होता था और यज्ञकुंडों में अग्नि नित्य प्रज्वलित रहती थी—माहिष्मती के निवासी जैसे रोग, शोक, दुःख का अस्तित्व ही भूल चुके थे। राजकाज में सैनिक शासन जैसी तत्परता प्रकट होती थी।

□

राजाओं का राजा राजराजेश्वर

जंबूदीप समेत सातों द्वीपों पर उसके प्रभुत्व ने उसे चक्रवर्ती सम्राट् के रूप में प्रतिष्ठित होने हेतु प्रेरित किया, जोर-शोर से विशाल और भव्य समारोह की तैयारियाँ प्रारंभ हुईं। पवित्र नदियों और तीर्थों के जल, सहस्रों पुरोहितों के मंत्रोच्चारों और शताधिक अधीनस्थ राजाओं की उपस्थिति में वह नए सूर्य से चमचमाते स्वर्ण सिंहासन पर आसीन हुआ, अब वह राजाओं का राजा था—राजराजेश्वर—सात द्वीपों का स्वामी-सप्तद्वीपाधिपति-सहस्रबाहु अर्जुन। राजकीय उत्सवों की अनंत श्रृंखला प्रारंभ हुई, जो सुस्वादु व्यजनों की अंतहीन पंक्तियों से कई महीनों तक अतिथियों ही नहीं, संपूर्ण प्रजा को तृप्त करती रही।

वर्ष भर चले समारोहों के बाद सफलता के शिखर पर बैठे सम्राट् सहस्रार्जुन को परम संतोष हुआ, जो जल्दी ही ऊब में बदल गया।

अब उसके सामने कोई चुनौती कोई लक्ष्य शेष न था। वह प्रजाजनों के हृदय में देवता की तरह प्रतिष्ठित हो चुका था।

उसकी भुजाओं के बल से पृथ्वी के श्रेष्ठतम योद्धा थर्राते थे। राक्षसराज रावण उसकी मैत्री पाकर कृतकृत्य था, ऐश्वर्यशाली परम प्रतापी विजेता सहस्रबाहु को लगता था उसने धर्म, अर्थ और काम तीनों साध लिये हैं, भगवान् दत्तात्रेय उसे मोक्ष का वरदान तो पहले ही दे चुके थे, तब आगे क्या ?

□

अवतार का आगमन

जमदग्नि अगर ज्वलंत अग्नि हैं तो रेणुका उनकी ज्वाला है। दोनों जैसे एक ही चुंबक के दो सिरे हैं, उन्हें पृथक् नहीं किया जा सकता, वे अखंड है—अविच्छिन्न।

उनके सुखी जीवन में पुत्रजन्म के नए-नए अध्याय जुड़ते जा रहे हैं। जमदग्नि की कीर्ति और परिवार दोनों का विस्तार हो रहा है, वे चार पुत्रों के पिता हैं तो रेणुका गर्वित माता, जो इन चार पुत्रों को भी गुरुकुल के दस सहस्र विद्यार्थियों के समान ही सहज स्नेह से पाल रही हैं।

उनके शिष्यगण उन्हें शिव-पार्वती सा सम्मान देते हैं। आश्रम की सुव्यवस्था सुनिश्चित करते-करते रेणुका सबसे बाद में सोने जाती हैं और प्रात: ब्रह्ममुहूर्त में सबसे पहले उठती हैं, यही उनका नित्यक्रम है।

आज वे ब्रह्ममुहूर्त में अत्यंत प्रमुदित होकर उठीं तो पतिदेव ने सुबह-सुबह इतनी प्रफुल्लता का कारण जानना चाहा।

गृह स्वामिनी और विशाल गुरुकुल की संचालिका रेणुका ने हँसकर बताया, "आज मैंने बहुत अच्छा स्वप्न देखा है।"

"अरे वाह! तो क्या देखा है देवी, इस अंकिचन ब्राह्मण को भी तो ज्ञात हो।"

"भृगुवंशी कब से अंकिचन होने लगे, स्वामी?"

"अच्छा तो अकिंचन न सही, पर क्या था वह सुंदर स्वप्न?"

"महर्षि, मैंने स्वप्न में देखा कि स्वयं भगवान् नारायण हमारे घर में आ रहे हैं।"

"धन्य है, धन्य है देवी, अर्थात् आप फिर माता बननेवाली हैं?

"हाँ ऋषिवर, मैंने सदैव नारायण की ही पुत्र रूप में कामना की थी। लगता है, प्रार्थना का फल मिलनेवाला है।"

सुबह-सुबह इतना सुंदर स्वप्न सुनकर ऋषि की प्रफुल्लता कई गुनी हो गई। देशकाल परिस्थिति भी किसी अवतार की प्रतीक्षा कर रही है।

उधर माहिष्मती के वैभवशाली राजमहल में आज महाराज कार्तवीर्य सहस्रार्जुन को अपशकुन हो रहे हैं। पता नहीं क्यों, अजीब सी बेचैनी है उनके हृदय में—एक अनजाना, अज्ञात भय, जैसे किसी अशुभ की छाया डोल रही है वातावरण में, राजमहिषी समझ नहीं पा रही हैं कि जिस महान् सम्राट् से समुद्र और पर्वत तक डरते हैं, उन्हें आज हुआ क्या है?

जमदग्नि अपनी रेणुका का बहुत ध्यान रखते हैं, जब से उन्होंने पुनः माँ बनने का शुभ समाचार बताया है, वे उनके भोजन-विश्राम की ज्यादा चिंता करते हैं, रेणुका के मुखमंडल की आभा भी गर्भस्थ शिशु की तरह प्रतिदिन बढ़ती ही जा रही है, रेणुका पहले भी माँ बन चुकी हैं, किंतु इस बार का अनुभव भिन्न है।

जमदग्नि उनके प्रसन्नता से दमकते चेहरे पर बसंत ऋतु की प्रफुल्लित छवि देखते हैं। स्वयं रेणुका भी ज्यादा ऊर्जावान, ज्यादा स्वस्थ, ज्यादा उल्लासपूर्ण, ज्यादा आनंदित हैं, वे उस दीपशिखा के समान हैं, जिसका आलोक प्रखरतम होता जा रहा है।

वे सक्रिय हैं और आश्रम के प्रबंधन से जुड़े दायित्वों में कोई शिथिलता उन्हें पसंद नहीं, यद्यपि जमदग्नि चाहते हैं, वे कुछ अधिक विश्राम करें, किंतु रेणका हँसकर टाल देती हैं।

आश्रम में भावी उत्सव की संभावना से हर्ष व्याप्त है। जहाँ-तहाँ सुंदर शुभ मानी जानेवाली क्रियाएँ स्वतः घटती रहती हैं। पुरोहितों ने मंत्रों के साथ गर्भाधान, पुंसवन, सीमंतोन्नयन आदि संस्कार यथासमय संपन्न किए।

अब उनको नौ माह पूर्ण हो गए हैं और किसी भी क्षण नए मेहमान का आगमन हो सकता है।

वैशाख महीने का सूर्य अपनी पूरी प्रखरता से तप रहा है, जमदग्नि आश्रम की हरीतिमा कुलपति की कुटिया को इस भीषण ग्रीष्म में भी शीतल रखे हुए हैं,

शुक्ल पक्ष में रात्रि की चाँदनी ही तपती हुई पृथ्वी को कुछ शांति देती है। दिन तो जैसे उबलते रहते हैं। आज तृतीया है, अक्षय तृतीया, मध्याह्न में अत्यंत शुभ अभिजित मुहूर्त में नए शिशु की ध्वनियों का संगीत गूँज उठा है, प्रसववेदना से शिथिल रेणुका नवजात शिशु को देखती हैं तो देखती रह जाती हैं, "यह तो वैशाख के सूर्य जैसा ही तेजस्वी है।"

उसके नाक-नक्श अपने सुदर्शन पिता की तरह ही हैं, रंग भी उनके जैसा ही उजला…!

संपूर्ण आश्रम में एक नई स्फूर्ति प्रकट हो रही है, जातकर्म संस्कार के चौदह दिन बाद ज्योतिषियों ने बालक की भाग्य रेखाओं का अध्ययन कर बताया कि यह बालक अत्यंत विचारवान, महान् प्रतापी तथा अजेय होगा। सभी विद्याओं में निपुण होने के साथ ही यह दानशील और अपरिग्रही भी होगा, इसकी कर्तव्यनिष्ठा इसको इतना निर्भय बना देगी कि लोग इसके नाम से काँपेंगे। यह न्यायनीति का संस्थापक और दुष्टों का दलनकर्ता बनेगा। अभिजित मुहूर्त में जन्म लेने से इसमें अवतारी दिव्यता प्रकट होगी।

विश्वकल्याण कर यह अपने पूर्वजों, माता-पिता तथा गुरुजनों का नाम उज्ज्वल करेगा, यह सोचकर जमदग्नि ने नवजात पुत्र का नाम 'राम' रखा। जन्म के तीन माह पश्चात् विधि-विधान से बर्हिनिष्क्रमण संस्कार संपन्न हुआ।

शुक्ल पक्ष के चंद्रमा की तरह तेजी से विकसित होते बालक के अन्नप्राशन संस्कार के लिए आश्रम की भोजशाला ने अनगिनत व्यंजन बनाए, किंतु शिशु ने रोचक मिष्टान, पायस समेत किसी पकवान को स्पर्श भी नहीं किया, कंदमूल फल उठाकर जैसे भावी जीवन का संकेत दे दिया, विस्मय का असली दृश्य तो कर्णछेदन संस्कार के दिन दिखाई दिया, नन्हा बालक शांत संयत ही रहा, कर्णछेदन का उसे कोई भय न था, न पीड़ा, इतना धैर्य विलक्षण था।

समय पंख लगाकर उड़ रहा था। पाँच वर्ष का होते-होते नन्हे राम का चूड़ाकरण एवं विद्यारंभ संस्कार भी संपन्न हुए।

छठे वर्ष में जमदग्नि ने समारोहपूर्वक अपनी आँखों के तारे का उपनयन संस्कार भी कर दिया, अब बारी थी विधिवत् विद्याग्रहण की।

जमदग्नि चाहते थे यह विलक्षण बालक श्रेष्ठतम गुरु से ही शिक्षा ग्रहण

करे। अपने प्रिय राम को लेकर वे अर्बुद पर्वत पर महर्षि कश्यप के गुरुकुल में गए, उन्हें आया देख महर्षि कश्यप भी भाव-विभोर हो गए।

महान भृगु के वंशज, अग्नि की तरह तेजस्वी जमदग्नि स्वयं अपने पुत्र को लेकर अर्बुद आश्रम की दुर्गम घाटी पर आए हैं तो उन्हें सत्कार में महामुनि कश्यप कोई न्यूनता कैसे रख सकते हैं।

महर्षि कश्यप ने शास्त्र ज्ञान सीधे अग्निदेव की आराधना से प्राप्त किया था, कठोर तपस्या और प्राणिमात्र की सेवा शुश्रूषा की ख्याति चारों लोकों में व्याप्त है, वहीं ख्याति नन्हे राम को पिता सहित यहाँ ले आई है।

शीघ्र ही किशोर होते राम महर्षि कश्यप के प्रिय शिष्य बन गए, अपनी विनयशीलता, मेघा, अध्ययन प्रियता से वे सभी विद्याओं में निपुण होने लगे, कुछ ही वर्षों में उन्होंने शास्त्रज्ञान में पूर्ण दक्षता प्राप्त कर ली। अब आगे की शिक्षा के लिए स्वयं कुलपति कश्यप ने सोचना प्रारंभ किया तो कैलाशवासी परम शिव के अतिरिक्त उन्हें अन्य नाम भी विचार योग्य न लगा।

बटुक राम अपने भावी गुरु के निवास कैलाश पहुँचा।

□

पशुपतिनाथ का विश्वविद्यालय

कैलाश तो साक्षात् स्वर्ग था—दिव्यता का द्वीप—सौंदर्य का बर्फानी स्वरूप, यात्रा का मार्ग जितना कठिन था, प्राणवायु उससे भी ज्यादा दुर्लभ, बाल्यकाल में ही कठोर व्यायाम से फेफड़े सशक्त और मांसपेशियाँ लौह सी दृढ़ नहीं होतीं तो यह यात्रा पूर्ण ही नहीं होती, पर कैलाश पर्वत पर पहुँचना स्वयं में परिपूर्ण पुरस्कार था। पवित्र मानसरोवर, एक विशाल दर्पण, जिसमें अपनी छवि निहारता अंतरिक्ष, सबकुछ यहाँ अलौकिक है, राजहंसों से लेकर बर्फ के पर्वतों तक।

कैलाश के अलौकिक सौंदर्य का साम्राज्य देखकर बालक राम भाव-विभोर हो गए।

सदाशिव का निवास स्थान एक महान् विश्वविद्यालय की तरह था। देव, दानव, यक्ष, नर, किन्नर, असुर, सब का स्वागत था यहाँ।

गजपति हो या रजपति, सब समान थे। सबको पूर्ण स्वतंत्रता थी, आशुतोष शिव इतने वीतरागी हैं कि उनके दर्शन की लालसा से आए लोग धतूरा ले आएँ या स्वर्ण धातु, कोई भेदभाव नहीं है। आहार-व्यवहार-विहार की अपूर्व स्वतंत्रता।

महायोगी पशुपतिनाथ सबके हैं और सब उनके हैं। श्मशान भस्म और स्वर्ण भस्म दोनों के प्रति उनके शिष्यों का भाव एक समान है। संसार के बेसहारा, सताए हुए, जन्म से विकलांग, सब का सम्मान है, यहाँ सब का स्वागत है।

यहाँ जीवन के हर स्वरूप का स्थान है, यहाँ तक कि विषधर नागों का, शेरों, बाघों, बैलों, साँड़ों, रीछों, वानरों, शृंगालों, श्वानों तक को आश्रय है यहाँ।

संपन्नता यहाँ योग्यता नहीं मानी जाती—सत्य, समर्पण, सेवा, एकाग्रता

और साहस ही यहाँ असली संपत्ति है।

नृत्य, गायन, वादन, चित्रकला, मूर्तिकला के साथ-साथ विशिष्ट विद्याओं, जैसे आयुध-निर्माण, धर्नुविद्या, श्री विद्या, सामुद्रिक शास्त्र, आयुर्विज्ञान आदि के स्वतंत्र शिक्षण संस्थान हैं।

संहार के देवता के यहाँ सृजन के वरदान माँगनेवाले भी कम नहीं आते।

पद्मासन में विराजमान महाकाल शिव को देखकर बालक राम को आनंद भी हुआ और विस्मय भी। उन्होंने देखा कि गले में विषधरों को धारण किए हुए शिव चिताभस्म से आपूरित देह और नरमुंडों की माला पहने नाच रहे गणों से घिरे हुए भीषण भयंकर दिखते हैं।

अगले ही पल उन्हें जटाओं में बहती शांतिदायक गंगा और चंद्रमौलि देखकर लगा कि इनसे ज्यादा अभयंकर कौन होगा।

उनके मस्तक पर दैहिक-दैविक-भौतिक इन तीन तापों का प्रतीक त्रिपुंड, निकट ही ध्यानस्थ नंदी, हाथ में नुकीला त्रिशूल और बंद रहने पर भी प्रज्वलित तीसरा नेत्र, सबकुछ विचित्र ही था।

भूत भावन शंकर को नमन कर नए-नए बटुक राम समिधा हाथ में लेकर विनयपूर्वक बैठ गए।

विनम्र वेश, आजानुबाहु, विशाल वक्षवाले, दृढ़ शरीरधारी इस नए बटुक को देख भगवान् शिव अत्यंत प्रसन्न हुए, उदीयमान अरुण सूर्य के समान आभासित होनेवाले इस बाल ब्रह्मचारी को उदारमना सदाशिव ने शिष्य रूप में स्वीकार किया।

पशुपतिनाथ के इस विश्वविद्यालय में एकाग्रचित्त राम ने धर्म विधि, विज्ञान, गणित के साथ पाँचवें वेद धनुर्वेद का भी अध्ययन किया।

□

कलरी-पयत्तु

महादेव के युद्धकला विश्वविद्यालय में अनगिनत विषय हैं और अनगिनत आचार्य। राम की रुचि मल्ल विद्या में नहीं है, उन्हें तो वह शारिरिक युद्ध कला ज्यादा भाती है, जिसका नाम श्रीविद्या के बीजमंत्रों से निकला है। यह व्यायाम, नृत्य, तलवारबाजी का चपलता भरा मिश्रण है, जो अत्यंत निपुणता और एकाग्रता की माँग करता है—लचीली देह, इस्पाती मांसपेशियाँ, मजबूत पंजे और चीते सी फुरती माता भद्रकाली को समर्पित इस युद्धकला का अंग है।

राम पहले दिन से ही अभ्यास के लिए मैदान में उतरना चाहते थे, किंतु वहाँ के आचार्य ने उन्हें रोका, "नहीं शिष्य, धैर्य की कला है यह, यहाँ शीघ्रता शुभ नहीं।"

"नए विद्यार्थी पहले अपने मन और तन को इसके लिए अनुकूल करें, अनुकूलन के बाद ही उन्हें इसका अभ्यास कराया जाएगा।"

"किंतु ऐसा क्यों गुरुदेव?" नन्हे बटुक ने पूछा।

"ऐसा इसलिए वत्स, क्योंकि यह शरीर विज्ञान पर आधारित है। मानव शरीर में जो शताधिक मर्मबिंदु हैं, उन पर प्रहार करते समय मन स्थिर और निर्विकार होना आवश्यक है, मन को अक्रोध और करुणापूर्ण किए बिना महादेव शिव इसके उपयोग की अनुमति नहीं देते वत्स।" आचार्य ने बताया।

"ठीक है गुरुजी, तो वहीं से प्रारंभ करने की कृपा करें।" राम ने विनम्रता से कहा।

"वत्स स्मरण रहे कि यह आक्रमण नहीं, आत्मरक्षा के लिए है।"

"जी गुरुदेव।"

"सुडौल, संयमित, चपल देह और स्थिर मन इस विद्या में निपुणता के लिए आवश्यक हैं।"

"तुम्हारी देह को लचीलापन देने के लिए औषधीय तेलों से नित्य मालिश आवश्यक है।"

"मालिश तो गुरुदेव मल्ल विद्या में भी देखी है।"

"हाँ, मल्ल विद्या की तरह ही यहाँ भी नियमित मालिश और संयमित भोजन-नियम-संयम आवश्यक हैं।"

"स्थिर चित्त और चपल मस्तिष्क, सतर्क आँखें, गतिमान देह को इसका मूल-मंत्र समझो, वत्स।"

"यह तो समझ में आ गया गुरुदेव, पर वह करुणा का क्या ?" भोलापन राम के प्रश्न में मुखर था।

मंद स्मित के साथ गुरुजी ने उत्तर दिया, "वत्स, आपको योद्धा बनना है, हत्यारा नहीं, इसलिए युद्ध में भी करुणा आवश्यक है। आप अपनी प्राणरक्षा कीजिए और अपने कौशल से प्रतिद्वंद्वी को अचेत कर दीजिए, यथासंभव उसके प्राण मत लीजिए।"

राम और उनके सहपाठियों ने आचार्य से तन और मन को इस दैहिक युद्ध-कला के योग्य बनाना सीखा। उसके बाद स्वयं महादेव शिव ने उन्हें इस कला में दक्षता प्रदान की, वे हवा में उछलकर जब चीते की निपुणता से वार करते तो प्रतिद्वंद्वी धराशायी ही होता था। राम को यह अनुमान नहीं था कि महादेव उन्हें भावी संघर्षों में विजय का अचूक मंत्र दे रहे हैं।

माँ रेणुका के ओजस्वी स्नेह, जमदग्नि की प्रारंभिक शिक्षा, महर्षि कश्यप की माध्यमिक शिक्षा के बाद देवाधिदेव नटराज महादेव की यह युद्धविद्या उन्हें एक योद्धा के रूप में अपराजेय बना रही थी एक संपूर्ण योद्धा, जिसकी देह ही उसका शस्त्र भी है और कवच भी, यह योद्धा का नृत्य है या नर्तक की युद्ध कला यह तो स्वयं नटराज ही बता सकेंगे।

मुँह अँधेरे ही वे अभ्यास के लिए सहपाठियों सहित क्रीड़ांगन में पहुँच जाते। गुरुवंदना के बाद आसन, योग, ध्यान करते, इसके बाद एक-दूसरे की औषधीय तेलों से मालिश करते, उनके तेल में नहाए शरीरों में जब रक्त प्रवाह की ऊर्जा

अनुभव होने लगती, तब व्यायाम प्रारंभ होता—दंडबैठक, धावन के बाद जब देह एक लय में आ जाती तब वे कलरी पयत्तु में एक-दूसरे से भिड़ते, पहले खाली हाथ, फिर तलवार के साथ, घंटों जूझते-जूझते जब पस्त हो जाते तो गले मिलकर समापन करते। आचार्य उन्हें इस विद्या की बारीकियाँ सिखाते और युद्ध में भी मर्यादा पालन की सीख देते, जो युवा होते विद्यार्थियों को थोड़ा कम ही समझ आती थी। दैहिक युद्धकला में निपुण होने के बाद अगला लक्ष्य था शस्त्रों में निपुणता प्राप्त करना। अस्त्र-शस्त्रों की निर्माण-प्रक्रिया और तकनीक सीखना। दिव्यास्त्रों की प्राप्ति व उनका संचालन इसके बाद ही संभव है।

□

महादेव का वरदान

भार्गव वंश में महा यशस्वी जमदग्नि के तेजस्वी और गुणवान पुत्र राम ने अस्त्र प्राप्ति के लिए मन और इंद्रियों को संयम में रखते हुए भीषण तपस्या कर भगवान शंकर को प्रसन्न किया। औघड़दानी शिव बोले, "तुम्हारा कल्याण हो, अपने हृदय को निर्विकार और पवित्र करते ही तुम्हें मनचाहे अस्त्र प्राप्त हो जाएँगे, अपात्र और असमर्थ के लिए ये आत्मघाती है।"

राम ने त्रिशूलधारी देवाधिदेव महादेव को मस्तक झुकाकर निवेदन किया, "हे देवताओं के भी ईश्वर! जब आप मुझे अस्त्र धारण का पात्र समझें, तभी दिव्यास्त्र प्रदान करें।"

पात्रता अर्जित करने के लिए जमदग्नि पुत्र परशुराम ने अखंड तपस्या, पूजा, अर्पण, यज्ञादि किए। साथ ही इंद्रिय निग्रह, स्वाध्याय, अल्पाहार से स्वयं की पवित्रता को दिव्यता के स्तर तक ले गए।

भगवान् शिव ने दिव्यास्त्रों की प्राप्ति की इच्छा लिये प्रस्तुत जमदग्नि पुत्र को तीर्थाटन करने का आदेश दिया। उनकी आज्ञा को शिरोधार्य कर तपस्वी राम पृथ्वी की परिक्रमा पर निकल पड़े। उन्हें उस महामानव समुद्र का साक्षात्कार हुआ, जो विविधता का अद्‌भुत संसार समेटे हुए था।

उन्होंने गोरे, साँवले, पीले, लाल, गेहुँआँ, अत्यंत काले हर वर्ण के मनुष्य देखे, हर प्रजाति के भी, वे जान गए कि रंग, रूप, भाषा, भोजन की विभिन्नताओं के ऊपरी आवरण के नीचे सारे मनुष्य एक से हैं, उनके मूल संस्कार और मूल विकार दिखते भिन्न-भिन्न हैं पर वस्तुतः उनमें कोई अंतर नहीं है, सबमें वही सच्चिदानंद परमात्मा साँस लेता है।

नाक-नक्श, रूप, आकार, रंग, भाषा, भोजन की विविधता वास्तव में भूगोल की देन है, जहाँ सूर्य ज्यादा उदार है, वहाँ उतना कृष्ण वर्ण हैं और जहाँ सूर्य किरणें दुर्लभ हैं, वहाँ बर्फीले मौसम में गौर वर्ण या गुलाबी वर्ण का बहुमत है।

मानवता की मूलभूत एकता का अनुभव करते हुए वे हिमालय के उत्तर-पूर्वी छोर पर जा पहुँचे। त्रिविष्टप पर्वत के हिमनदों के मध्य स्थित दैविक आभा वाले ब्रह्मकुंड को देखकर वे इतने मुग्ध हुए कि स्नान के लिए उतर पड़े। परम शीतल जल में डुबकी लगाते ही उन्हें इतनी आत्मिक ऊर्जा अनुभूत हुई कि उसके ताप के सामने वहाँ की बर्फीली ठंड भी पिघलकर बह गई।

□

ब्रह्मपुत्र का जन्म

स्नान के बाद बाहर निकलकर आए तो एक कठिन संकल्प उनके मन में उमड़ने लगा कि ब्रह्मकुंड का यह पवित्र और ऊर्जावान जल यदि हिमशिखरों से उतरकर पृथ्वी पर प्रवाहित हो जाए तो मानवता का कल्याण होगा।

आदिगुरु, भूतभावन शिवजी का शिष्य ही ऐसे कठिन संकल्प का साहस कर सकता था।

जिन्होंने युगों-पूर्व पवित्र नर्मदा के तट पर अग्नि का आविष्कार किया था। यज्ञ परंपरा का शुभारंभ किया था, उन्हीं अथर्वण भृगु का वंशज हिमालय की रजत श्रृंखलाओं में बंदी ब्रह्मकुंड की जलधारा को मुक्त कर पृथ्वीवासियों के लिए एक नई नदी का आविष्कार करना चाहता है।

यह अतिमानवीय कार्य नहीं है, बल्कि दिव्य कार्य है, इसका परिणाम शुभ सिद्ध हो या अशुभ, असंख्य पीढ़ियों को भोगना होगा, उनके मस्तिष्क में बूँद-बूँद पानी के लिए तरसते प्यासे मानवों की छवियाँ तैरने लगीं, अपनी अभी तक की यात्रा में उन्होंने मैदानों में जलसंकट से जूझते लोग देखे थे, यहाँ ब्रह्मकुंड में अथाह जलराशि जमा है, यदि यह नीचे की ओर प्रवहमान हो सके तो कितने प्राणियों की प्यास स्थायी रूप से बुझाई जा सकती है।

उन्होंने अपना कर्तव्य तय कर लिया कि इस ब्रह्मकुंड से पृथ्वी की ओर जलधारा प्रवाहित किए बिना वे आगे नहीं बढ़ेंगे, "वे एकाकी हैं तो क्या हुआ, इस सृष्टि का संचालन करनेवाले विष्णु भी तो एकाकी ही हैं।"

उन्होंने ब्रह्मकुंड की चारों ओर से परिक्रमा कर उपयुक्त स्थान का चयन किया, जहाँ से पूर्व की ओर बहनेवाली जलधारा को दक्षिण की ओर मोड़कर

पर्वत की ढलानों पर लाया जा सकता था, जहाँ से वह नीचे उतरती हुई पृथ्वी तक की यात्रा कर सकती थी।

वे भार्गव थे, भार्गवों को शिल्प और अभियांत्रिकी विरासत में मिले थे। शास्त्र और शस्त्र दोनों की निपुणता, यहाँ पर्वत को भेदने में काम आई। उन्होंने अपने दिव्य परशु के प्रहार से बर्फीले हिमनदों को इस तरह छेदन कर दिया कि चाँदी का झरना अट्टहास करते हुए नीचे ढलानों की ओर बह निकला।

जो पर्वतीय जन विस्मय से एक नई नदी को जन्म लेते देख रहे थे, वे इस अद्भुत ब्राह्मण पर मुग्ध नहीं साक्षात् दंडवत् थे उसके समक्ष, "आप इसके जनक हैं, आपके इस पुत्र में आपके जैसी ही गर्जना और पौरुष है, इसलिए हम तो इसे नदी नहीं नद ही कहेंगे—ब्रह्मनद, ब्रह्मपुत्र!"

किसी सिंह की तरह दहाड़ते हुए ब्रह्मपुत्र का प्रबल आवेग पर्वतों, कंदराओं, वनों को पार करते हुए कामाख्या देवी की पवित्र पहाड़ी के नीचे जाकर कुछ विश्राम मुद्रा में आया, उसके विशाल वक्ष में अपार जलराशि और अद्भुत मत्स्य लोक विस्तार पाने लगा, धरती के इस भू-भाग का कल्याण कर परशुराम आगे बढ़ गए, आखिर बहते पानी और रमते जोगी को यही श्रेयस्कर है।

भगवान् शिव उनके आचरण से गद्गद हुए और उनकी सक्षमता जाँचने के लिए एक कठिन चुनौती सौंपी। देवताओं की दुर्बलताएँ जब तब उभर आती हैं, जबकि दैत्य संकल्पपूर्वक अपने अस्तित्व की लड़ाई लड़ रहे हैं। वे परास्त होकर भी पराजय को स्वीकार नहीं करते, बल्कि हर पराजय उनके संकल्प को पहले से ज्यादा प्रबल कर देती है। वे कठोर परिश्रम, एकाग्रता और संगठन शक्ति से जब तब देवताओं को धूल चटा देते हैं, किंतु विजय उन्हें उन्मत्त बना देती है और हर बार वे जीतकर भी पराजय के गड्ढे में जल्दी ही जा गिरते हैं, अभी दैत्यराज शाल्व के नेतृत्व में दैत्यों की सेना देवताओं को हर युद्ध में हराते हुए देवराज इंद्र की अलकापुरी की ओर बढ़ रही है, सोमरस मे डूबे अलसाए देवलोक के प्राणी मदमस्त पड़े हुए हैं, वे भला आक्रामक का सामना कैसे करते। देवलोक पर दैत्यों का अधिकार होते ही सबकी तंद्रा टूटी, संकट में शिवजी की शरण लेने की आदत स्वर्ग से पलायन कर भागे हुए देवताओं को कैलाश ले गई। महादेव—भयभीत

और परास्त देवलोक के वासियों को सांत्वना दे रहे हैं, किंतु वंचितों को संतोष कहाँ? वे तो चाहते हैं शिव अभी त्रिशूल उठाकर दैत्यों का संहार कर दें या अपना तीसरा नेत्र खोलकर सीधे भस्म कर दें, पर शिव ऐसा क्यों करें? प्रजापति कश्यप की तीन पत्नियाँ थी—दिति, अदिति, दनु। दिति से दैत्य, अदिति से देवता और दनु से दानव उत्पन्न हुए।

इस प्रकार देव-दानव-दैत्य भाई-भाई हैं, उनके झगड़े में शिव एकांगी नहीं होना चाहते, देवताओं की विनय प्रार्थना पर करुणा कर उन्होंने अपने प्रिय शिष्य राम को बुलाया, "वत्स, तुमने जो युद्धकला इस आश्रम में सीखी है, उसके परीक्षण का अवसर आ गया है, युद्धोन्मत्त दैत्यों के साथ अपने बाहुबल का आकलन करो।"

देवाधिदेव शिव की आज्ञा पाकर राम प्रफुल्लित हुए, उन्हें अपनी योग्यता दिखाने का अवसर मिल रहा था, जिसकी प्रतीक्षा वे जाने कब से कर रहे थे वे कालदंड की तरह दैत्यों की सेना पर टूट पड़े, कठिन संघर्ष में उनके नुकीले तीर दैत्यराज शाल्व के हृदय को विदीर्ण करने में सफल रहे, परशु के प्रहार से शाल्व का मस्तक उसके अभिमान सहित धराशायी हुआ। दिव्य परशु ने शाल्व की सेना में त्राहि-त्राहि मचा दी। दैत्य सेना के प्रमुख योद्धा मारे गए, शेष प्राण बचाकर भाग निकले, स्वर्गलोक को मुक्त करा लिया गया। विजयी राम जब भगवान् शिव के चरणों में विजय-संदेश लेकर पहुँचे तो सदाशिव ने मुदित मन से आशीर्वाद दिया, "राम, तुम्हारे युद्ध कौशल से मैं संतुष्ट हूँ। मैं तुम्हें अपने अनूठे अस्त्र-शस्त्र देता हूँ, चिरंजीवी भव।"

"भगवन्, यह आपके दिए परशु का प्रताप है और गणपति द्वारा दी गई परशु-विद्या का परिणाम है। अब में आपके श्रीचरणों में ही रहने का इच्छुक हूँ, प्रभु।"

"नहीं राम, विधाता ने एक विराट् दायित्व तुम्हारी भाग्यरेखा में लिखा है।"

"वह क्या है गुरुदेव?" शिष्य की जिज्ञासा जाग उठी।

"समय आने पर वह विराट् दायित्व स्वयं तुम्हारे सामने प्रकट होगा वत्स, कठिन संघर्ष, अग्नि परीक्षा, सतत युद्ध और संहार।"

"किंतु मुझे तो साधना जप-तप में अधिक रुचि है प्रभु और राज्य अथवा

सांसारिक भोगों में मुझे कोई कामना नहीं है, तब युद्ध क्यों करने होंगे भगवन्!" चकित राम ने पूछा।

औघड़दानी शिव भी आज अपने शिष्य को भावी जीवन के संकेत मुक्त हस्त से दे रहे थे।

"यही अद्‌भुत है वत्स, तुम्हारा समस्त पुरुषार्थ परमार्थ के लिए होगा।"

"निर्विकार, निरहंकार होकर विश्व का कल्याण करो, वत्स।"

"जो आज्ञा गुरुवर, किंतु क्या मेरी जीवन-यात्रा में केवल युद्ध और संहार ही है, भगवन्।"

"नहीं वत्स, ऐसा नहीं है, समय आएगा जब युद्ध और संहार का दायित्व स्वयं तुम किसी और को सौंपकर साधना और सृजन का आनंद भी ले सकोगे।" महादेव ने शिष्य को आश्वस्त किया।

महादानी शिव ने अपने प्रिय शिष्य को विदा करते समय दिव्यास्त्रों के साथ एक अनूठी सिद्धि भी प्रदान की, विद्युत् गति से कहीं भी पहुँच जाने की शक्ति, "यह भावी दायित्वों के निर्वहन में सहयोगी होगी वत्स, विशिष्ट दायित्वों के लिए विशिष्ट संसाधन भी आवश्यक है।"

श्रद्धावनत राम गुरुकृपा की उदारता से रोम-रोम में कृतज्ञता का अनुभव कर रहे हैं।

ब्रह्मचारी राम ने सदाशिव को कृतज्ञतापूर्वक प्रणाम करते हुए विदा माँगी। भगवान् सदाशिव ने सदा अजेय रहने के आशीर्वाद के साथ इस पूर्णकाम शिष्य को विदा दी।

कैलाश के स्वर्गिक सुख और परमानंद को छोड़कर युवा ब्रह्मचारी राम धूल-धूसरित पृथ्वी पर वापस उतर आए और पिता जमदग्नि के आश्रम की ओर आगे बढ़े।

हाथ में प्रचंड पलाश दंड, कमंडलु, मूँज-मेखला एवं मृगचर्म धारण किए हुए पीठ पर दो-दो तूणीर कंधे पर धनुष और हाथ में भगवान् शंकर का दिया परशु लेकर चले आ रहे आजानुबाहु राम को देखकर मार्ग में मिलनेवाले लोग चमत्कृत हो जाते हैं। वे वनमार्गों में साक्षात् वनदेवता की भाँति प्रतीत हो रहे हैं।

ग्राम्यवधुएँ आबाल, वृद्ध, युवा सब उन्हें मुड़-मुड़कर देखते हैं और धन्य होते हैं।

शिक्षा ग्रहण के लिए जाते समय वे सुकुमार बालक थे, अब वे तरुणाई की आभा लिये लौटे हैं, उन्हें देखकर आश्रमवासी प्रसन्नता से खिल उठे हैं। महर्षि जमदग्नि अपनी कुटिया के बाहर उन्हें देखकर हर्ष और भावातिरेक से गले लगाना चाहते हैं, जबकि राम तो पिता के श्रीचरणों में साष्टांग दंडवत् हैं।

अपने स्नेहिल हाथों से उन्हें उठाकर जमदग्नि ने अपने अंक में भर लिया है, माँ रेणुका भी अपने राम को आया देख भाव-विह्वल हैं। वे उस गाय के समान, जिसका बछड़ा वापस आ गया हो, बार-बार उन्हें हृदय से लगाती हैं।

बड़े भ्राताओं और अन्य स्वजनों को भी राम से मिलकर परम प्रसन्नता हुई।

घर वापसी के आनंद में यात्रा की थकान भी विघ्न न बन सकी। उस रात आश्रम में शायद ही कोई सोया हो। सभी को कितनी ही बातें जाननी थीं, एक रात में तो यह संभव भी नहीं था, यह क्रम निरंतर कई दिनों तक चला।

□

जमदग्नि की अग्नि में स्वाहा रेणुका देवी

जमदग्नि आश्रम में सुख और सौजन्य का साम्राज्य है। जमदग्नि के परिवार सहित समस्त ऋषिकुल ब्रह्म मुहूर्त में उठ खड़ा होता है। वेद मंत्रों के उच्चारण के साथ स्नान, ध्यान, हवन-पूजन शिक्षण-प्रशिक्षण, चिंतन-मनन, भोजन समस्त कार्य सुव्यवस्थित चल रहे हैं। आश्रम के वृक्षों पर ऋतुराज बसंत का माधुर्य सुंदर पुष्पों और रसीले फलों में झाँकता रहता है। पुष्पलताएँ और बेलें तितलियों से घिरी रहती हैं। भौरों ने संगीत का दायित्व ले रखा है तो कोयलों ने गायन का।

जमदग्नि और रेणुका अपने यशस्वी पुत्रों तथा असंख्य शिष्यों के साथ सुख, समृद्धि, संतोष का जीवन जी रहे हैं। अध्यात्मिक ऊँचाइयों की ओर बढ़ते हुए जमदग्नि भौतिक सफलताओं को पहले ही पीछे छोड़ चुके हैं। वे आदर्श दंपती हैं, स्त्रियाँ रेणुका को सराहना की दृष्टि से देखतीं थी, अब उनका सुखी दांपत्य उनको ईर्ष्या का पात्र भी बना रहा है।

वे राजकुमारी होकर भी जमदग्नि की सुख-सुविधा का मनोयोग से ध्यान रखती हैं। उनके हर कार्य में सहयोगी का दायित्व उत्साहपूर्वक लिये रहती हैं। उनके जीवन की वीणा में आपसी समझ के स्वर-सप्तक गूँजते रहते हैं, उन्हें स्वयं लगता है, जैसे पूरा जीवन ही एक मधुर गीत है। कोई अभाव, दुःख या संकट को वे नहीं पहचानतीं।

शांत संयत जमदग्नि सदा कृतज्ञ बने रहते हैं और उन्हें सम्मान की दृष्टि से देखते हैं। तेजस्वी पुत्रों की माता होने से शेष समाज भी उन्हें अत्यधिक आदर की दृष्टि से देखता है। वे जमदग्नि के छोटे-से-छोटे कार्य स्वयं करती हैं। किसी और पर नहीं छोड़तीं, चाहे अभिषेक के लिए जल लाना हो या उनकी पूजन-सामग्री

तथा समिधा तैयार करना। उनकी तत्परता और पूर्व नियोजन पर जमदग्नि मुग्ध होते रहते हैं।

विधि का विधान बहुत नाटकीय है। बसंत के सुखदायी झोंकों के ठीक पीछे दुखदायी लू के लपेटे आ धमकते हैं। संपूर्ण ब्रह्मांड को तेज धूप से झुलसाकर वही विधाता पावस की शीतल फुहारों से तन-मन को सरस कर देता है। सुख और दु:ख के दो पाटों के बीच संसार के हर प्राणी को पिसना है तो यह परिवार भी कैसे बचता। ये अपने हिस्से का सुख भोग चुके थे, अब तो दु:ख का व्याघ्र अपने नुकीले पंजों और पैने दाँतों के साथ इनकी प्रतीक्षा कर रहा था।

ब्रह्ममुहूर्त में नित्य नदी-स्नान को जानेवालीं रेणुका लौटते समय गागर में ताजा जल लाती थीं, ताकि जमदग्नि सूर्योदय के पूर्व अग्निहोत्र संपन्न कर सकें, विगत बीस वर्षों से यह अटूट क्रम था, किंतु आज अनहोनी हुई।

नित्य की भाँति, जब वे नदी तट पर पहुँचीं तो उन्होंने वहाँ एक सुदर्शन राजा को अपनी अनेक रानियों के साथ जलक्रीड़ा में मग्न देखा, उनकी केलि-क्रीड़ा देखकर उन्हें सहसा दांपत्य के प्रारंभिक दिन याद आ गए। यादों के भँवर में फँसा मन उन सुखद स्मृतियों के जाल से जब बाहर निकला तो सूर्योदय हो चुका था। जमदग्नि की अखंड साधना खंड-खंड हो गई थी।

वे घबराकर उठीं, नदी की ओर देखा तो न वहाँ कोई सुदर्शन राजा था, न उसकी रानियाँ, संभवत: वे जा चुके थे, उन्होंने जल्दी से स्नान किया, अपनी गागर में जल भरा और तेज गति से आश्रम की ओर चलीं, पर नियति का नट यहाँ सबकुछ उलट-पुलट करने तैयार बैठा था। प्रतीक्षा करते-करते जमदग्नि आज साक्षात् अग्नि की तरह प्रज्वलित हो चुके हैं।

आज उनका वर्षों पुराना व्रत भंग हुआ है, वह भी इसलिए, क्योंकि उन्होंने पत्नी पर विश्वास किया। उसने विश्वास भंग किया है। वे अपना संतुलन खो चुके हैं, उनकी आँखों से जैसे अग्नि ही बरस रही है और वाणी से भी अँगारे झर रहे हैं, उनकी आग्नेय वाणी सुनकर उनके पुत्र भी दौड़े चले आए हैं। उन्होंने देखा कि पिता चीख रहे हैं और माता रेणुका अपराधी भाव से सिर झुकाए उनके सामने खड़ी हैं।

जमदग्नि ने क्रोध में उन्मत्त होकर ज्येष्ठ पुत्र को आदेश दिया, "मैं आज्ञा देता हूँ, अपनी माता का सिर काट दो, इसने मेरा विश्वास और साधना भंग की है।"

"नहीं पिताश्री, अपने क्रोध को शांत कीजिए, आपकी आज्ञा उचित नहीं है।"

"तब तू भी मृत्यु को प्राप्त हो, ऋषि ने श्राप दिया और ज्येष्ठ पुत्र, अचेत होकर कटे वृक्ष की भाँति पृथ्वी पर गिर पड़ा।"

अब दूसरे पुत्र की बारी आई, फिर तीसरे की फिर चौथे की किसी ने भी पिता की आज्ञा नहीं मानी और वे सभी पिता के आक्रोश की बलि चढ़कर धराशायी होते गए, अब बारी सबसे छोटे पुत्र परशुराम की आई, जब उनके भाई एक-एक कर धराशायी हो रहे थे, तभी उन्होंने इस भयानक और वीभत्स संकट से निपटने का मार्ग सोच लिया, यदि वे पिता की अवज्ञा करेंगे तो उनका भी अपने भाइयों की तरह मारा जाना तय था। पाँच पुत्रों को मारने के बाद क्रोध में विवेक खो चुके पिता निश्चित हीं पहले माता का वध करेंगे और बाद में स्वयं आत्मघात करेंगे, इस तरह पूरा परिवार नष्ट हो जाएगा।

यदि पिता की आज्ञा का पालन करते हैं तो प्रकटत: मातृ हत्या जैसा क्रूर कर्म करक वे अकथ पाप के भागी होंगे, किंतु यदि आज्ञापालन से पिता प्रसन्न होते हैं तो उनसे सभी को पुनर्जीवित करने का वरदान माँगा जा सकता है। वे विचार कर ही रहे थे कि माँ ने उनका कार्य आसान कर दिया।

वे चार पुत्रों को अचेत देखकर अधीर हो गई थीं और पाँचवें पुत्र को जीवित बचाए रखना चाहती थीं, वे चीखीं, "हाँ राम, वध करो मेरा, पिता की आज्ञा का पालन करो वत्स, चार पुत्रों की मृत्यु के बाद मैं कैसे जीवित रहूँगी।"

"बढ़ो राम प्रहार करो।"

अपने हृदय की पीड़ा को हृदय में और अश्रुओं को आँखों में समेटकर यंत्रवत् राम ने परशु का प्रहार किया और देवी रेणुका कटे वृक्ष की तरह पृथ्वी पर जा गिरीं।

आज्ञा पालन से प्रसन्न जमदग्नि ने राम को अपने गले लगा लिया, राम फूट-फूटकर रो पड़े, उनके अश्रुओं में जमदग्नि का क्रोध तरल होकर बह गया, वे बोले, "वत्स, मैं तेरी आज्ञाकारिता से प्रसन्न हूँ, तू आज संपूर्ण ब्रह्मांड का राज्य भी माँग ले तो मैं अपने तपोबल से तुझे दे सकता हूँ, माँग क्या माँगता है ?"

"अपनी संजीवनी विद्या से मेरी माता देवी रेणुका और मेरे चारों भाइयों को जीवित कर दीजिए पिताजी।" अश्रुसिक्त आँखों से राम बोले।

"तथास्तु वत्स।"

"और यह भी कि उन्हें इस प्रसंग की कोई स्मृति भी न रहे।"

"तथास्तु वत्स।"

देवी रेणुका और उनके चारों पुत्र तत्क्षण ऐसे उठ खड़े हुए, जैसे कुछ हुआ ही न हो, उन्हें कुछ स्मृति न रही उस भयानक प्रसंग की, जो अभी-अभी घटा था, हाँ, जिन आश्रमवासियों ने इसे देखा था, वे इस भीषण दुस्वप्न को अगले सात जन्मों तक भी भूल नहीं पाएँगे।

जमदग्नि के परिवार में सुख भरे दिन पुनः लौट आए। जमदग्नि पश्चात्ताप में डूबकर रेणुका के प्रति और अधिक विनम्र हो गए। पहले रेणुका उनका ध्यान रखती थीं, अब वे स्वयं से ज्यादा रेणुका का ध्यान रखते हैं।

राम के भीतर जैसे कहीं कुछ टूट गया है, वे अब पुनः पूर्ववत् नहीं हो सकेंगे। एक घटना ने उन्हें कितना बदल दिया है, कौन समझेगा ? कौन समझ सकेगा ?

वे सोचते हैं यह विधाता की कौन सी योजना थी, ऐसा क्यों हुआ ? माता का सर्वाधिक स्नेह उन्हें पर था, उन्हीं के हाथों यह क्रूर और अधम कृत्य क्यों होना था ? वे विचारों के बवंडर में अशांत सूखे पत्तों की तरह उड़ते रहते हैं, किंतु समाधान नहीं पाते।

उधर माता रेणुका पहले से ज्यादा तेजस्वी पहले से ज्यादा ममतामयी और महिमावान होती जा रही हैं, जबकि जमदग्नि पहले से ज्यादा उदार, विनम्र, सहनशील और श्रीहीन भी, जैसे उनका तपोबल उनके विवेकहीन क्रोध ने सोख लिया हो।

विचारों के झंझावातों में उलझे हुए राम को कई बार लगता है, शायद यह उनका मतिभ्रम है या कोई दुस्वप्न, शायद यह दुर्घटना सिर्फ उनके मनोलोक में घटी है, वास्तव में ऐसा कुछ नहीं हुआ। कभी-कभी उन्हें लगता है, संभवतः यह किसी भयानक भविष्य की तैयारी है, नियति उन्हें निर्मोही बनाना चाहती है, उन्हें कैलाश में अपने गुरु की कही बात का स्मरण आता है, 'विधाता ने एक विराट् दायित्व तुम्हारे भाग्य में लिखा है राम।'

'वह क्या गुरुदेव।'

'समय आने पर वह स्वयं तुम्हारे सामने प्रकट होगा।'

'कठिन संघर्ष, अग्नि-परीक्षा, सतत युद्ध और संहार।'

□

अरुणाचल का कुंड

रक्तरंजित परशु का साफ करने के लिए आश्रम के कुएँ का जल जब निष्प्रभावी रहा तो राम को बहुत आश्चर्य हुआ। दिव्य परशु को न तो त्यागना संभव था, न रक्त लिप्तता को सदा साथ रखना, साधना और भोजन करना भी कठिन हो गया था, युद्ध में प्रतिद्वंद्वी का वध करना योद्धा का कर्तव्य है, किंतु रक्तरंजित शस्त्र को सदा अपनी देह पर धारण करना वीभत्स लग रहा था और यह तो माता का रक्त था, जननी रेणुका का, जिनकी प्रतिष्ठा साक्षात् जगदंबा जैसी थी, उनका रक्त भी अनूठा था, वह अनेक प्रयासों के बाद भी न तो पोंछा जा सका था, न ही सूखा था, वह तो जैसा-का-तैसा था।

समस्या के समाधान के लिए वे पिता के समक्ष प्रस्तुत हुए महर्षि जमदग्नि ने पुत्र को सलाह दी कि वे तीर्थाटन करें और जगदंबा से प्रार्थना करें, किसी-न-किसी तीर्थ में यह स्वच्छ होगा और यदि नहीं हुआ तो किसी अछूते कुंड में स्वच्छ होकर यह उस कुंड को ही तीर्थ बना देगा।

पिता को शीश नवाकर वे तीर्थाटन पर निकले—विंध्य, सतपुड़ा, सह्याद्रि, अरावली, सभी स्थानों पर तीर्थस्थलों, प्राचीन सरोवरों, पवित्र नदियों में स्नान ध्यान, पूजन-अर्पण सब किया, पर परशु की रक्त लिप्स तनिक भी कम न हुई, संपूर्ण आर्यावर्त, दक्षिणावर्त, गांधार, महाकांतार ग्राम, नगर, राज्य पार करते गए, किंतु सब व्यर्थ रहा, तब वे हिमालय की शरण में गए। वही हिमालय, जो उन्हें अत्यंत प्रिय था, उसकी विशालता में उनके महान् गुरु देवाधिदेव शिव का निवास है। हिमालय अर्थात् हिम का आलय, बर्फ का घर, किंतु हिमालय मात्र हिम का आलय ही नहीं है, यह देवभूमि है, देवालय है और देव ही क्यों यक्ष, किन्नर,

गंधर्व, अप्सराएँ भी हैं यहाँ, यह स्वयं देवतात्मा है, जीवंत जाग्रत् चेतना है यह उस परमसत्ता की, हर कंकड़ में शंकर देखनेवाली दृष्टि में यह पर्वत नहीं है हिमीभूत परमेश्वर है और फिर देवाधिदेव महादेव स्वयं विराजते हैं यहाँ, उन महातपस्वी की छत्रच्छाया में दिव्यता का दर्पण है हिमालय, यह पर्वतराज ही नहीं महादेवी पार्वती का पिता भी है।

सांसारिक दृष्टि में यह समूची पृथ्वी का मेरुदंड है—गंगा, सरस्वती, यमुना ही नहीं सिंधु, सतलज, रावी, व्यास, वितस्ता, ब्रह्मपुत्र इस हिमालय का ही तरल संस्करण हैं, जो हजारों योजन की यात्रा कर धरती की प्यास ही नहीं भूख भी बुझाते हैं—घाघरा, कोसी, गंडक, गोमती, सरयू भी हिमालय की ममता का जलीय स्वरूप हैं।

हिमालय के गगनस्पर्शी श्वेत धवल शिखरों में स्वयं प्रकृति साँस लेती है, कैलाश इसकी दिव्यता का साक्ष्य है तो मानसरोवर इसकी निर्मलता का इसके रहस्यमय विस्तार का ओर-छोर देख पाना, अब तक असंभव ही रहा है।

हिमालय के दक्षिण में आर्यावर्त है। कश्मीर से कुमाऊँ तक, पूर्व में कामाख्या तो उत्तर पूर्व में गारो, खासी, जैतिया, नगा, मिजो, रखाइन आदि शैल-शिखरों में कितनी जनजातियाँ धूप सी खिलती हैं।

हिमालय की विशाल गोद में कितने गाँव, कितने नगर, कितने प्रदेश और कितने देश हैं, यह जानने में लगे तो कई ऋतुएँ बीत जाएँगी। आस्था तो गिरनार और गोवर्धन पर्वत को भी हिमालय से आया ही मानती हैं।

हिमालय सुरम्य है तो अगम्य भी। फूलों की घाटियाँ, वानस्पतिक औषधियाँ, बहुमूल्य खनिज, गगनस्पर्शी देवदार, भोज, चीड़ वृक्षों के अछूते वनों का दुर्लभ, एकांत। अनगिनत झरने, जो झरते-झरते थकते हैं तो सुस्ताने के लिए जम जाते हैं। सूर्य किरणों के गरम स्पर्श उन्हें नींद से उठाते हैं तो अँगड़ाई लेकर फिर झरने लगते हैं।

चाक्षुष सौंदर्य का सतत उत्सव है हिमालय, दिशाएँ यहाँ इंद्रधनुषों के आभूषण पहने रहती हैं तो तन्वंगी नदियाँ उछलती-कूदती किशोरियों सी भागती चली जाती हैं। विश्व का विशालतम ही नहीं प्राचीनतम ध्वनि प्रकाश कार्यक्रम है हिमालय, वर्णक्रम के सातों रंग कुशल नर्तक की तरह यहाँ थिरकते ही रहते हैं।

हवा में तैरते हिमकणों का जादू है हिमालय, बुराँस के वृक्षों पर खिलते हुए लाल फूल मानो पुष्प नहीं पुष्पधन्वा कामदेव के बाण हैं।

हिममंडित शिखर भी घड़ी-घड़ी अपना रूप बदलते हैं; प्रातः रजताभ, मध्याह्न में स्वर्णाभ और संध्या में सिंदूरी आभा का इंद्रजाल है हिमालय।

अनंतकाल से हिमालय के रहस्यमय आकर्षण में मंत्रबद्ध तीर्थयात्री यहाँ आते रहते हैं। गौरी कुंड, केदारनाथ, बदरीनाथ, हेमकुंड, अमरनाथ, मानसरोवर, कैलाश स्थानों के नहीं आध्यात्मिक चुंबकों के नाम हैं।

मनुष्यों से भी प्राचीन तीर्थयात्री वे मेघदूत भी सुदूर समुद्र की लहरों से जन्म लेकर संपूर्ण देश-देशांतर, दिशाएँ पार कर हिमालय का जलाभिषेक कर धन्य होते आए हैं।

ऋषियों, मुनियों, संन्यासियों की तपोभूमि है हिमालय। पौराणिक काल से यहाँ की गुफाओं-कंदराओं में संसार भर के तपस्वी कठिन साधना का व्रत लिये निवासरत रहे हैं। हिमालय के चप्पे-चप्पे में अध्यात्म की अभीप्सा लिये पवित्र महात्मा धूनी रमाते आए हैं। हिमालय के ग्राम देवताओं में असंख्य तपस्वी सम्मिलित हैं, जो गंगा, सिंधु ही नहीं गोदावरी, कावेरी, कृष्णा के मैदानों से यहाँ आए और यहीं के हो गए, कहीं व्यास गुफा है, कहीं मनु महाराज का मंदिर, कहीं भृगुशिखर, मंदाकिनी और अलकनंदा के तटों से लेकर गौरीकुंड तक हर कहीं कठिन तपस्याओं के कथानक बिखरे हुए हैं।

उत्तर-पूर्व में, जहाँ सूर्य की अरुणिमा हिमशिखरों का श्रृंगार करती हैं, वहाँ जंगलों के मध्य प्राकृतिक जलकुंड देखकर राम ने मन-ही-मन वन देवता को प्रणाम किया। नगाधिराज हिमालय के इस कोने में अपार शांति और एकांत है, कभी-कभी ही कोई यात्री यहाँ भटककर आता हो, अधिकांशतः तो यहाँ एक देवदुर्लभ शांति ही व्याप्त रहती है। यात्रा का कठिन श्रम कंठ में प्यास बन गया है, सूखते गले को राहत देने के लिए राम ने अपने अस्त्र-शस्त्र पास के वृक्ष पर टिकाए, कुंड से अंजुरी भर जल लेकर प्यास बुझाई, इतना स्वादिष्ट और ओजस्वी जल था कि कंठ से नीचे उतरते हुए संपूर्ण शरीर को जैसे एक नई ऊर्जा-नया उल्लास देने लगा, जी भर जलपान के बाद अपना कमंडल भरकर वे अपने अस्त्र-शस्त्रों के पास आए, उन्होंने जैसे ही परशु पर कुंड का जल

छिड़का, चमत्कार हो गया, इस कुंड के जल ने परशु का रक्त धोकर उसे पहले सा उज्ज्वल कर दिया। अपने अँगोछे से उसे पोंछकर अब वे परशु सहित कुंड के पास गए, वे परशु सहित कुंड में उतर गए, कृतज्ञ भाव से उन्होंने अपने गुरु, माता रेणुका और पिता जमदग्नि का स्मरण कर तीन डुबकियाँ लगाईं और परशु सहित बाहर आ गए। सूर्य की तेज किरणों में परशु फिर से पहले की तरह स्वच्छ जगमगाने लगा, यही जगमगाहट स्वयं परशुराम के मन में भी है वे, जैसे किसी विकट पापबोध से मुक्त हो गए हैं।

प्रफुल्लित हृदय से जमदग्नि आश्रम लौटे राम को माता रेणुका ने भाव-विह्वल हो हृदय से लगा लिया। राम भी माँ के हृदय से लगकर जैसे पुन: शिशुवत् हो गए हैं, लंबी यात्रा की थकान माता की स्नेहसिक्त दृष्टि की शीतलता पाकर नए उत्साह में बदल गई है।

पिता जमदग्नि और अपने बड़े भाइयों से मिलकर राम यह जान चुके हैं कि उस विकट दुर्घटना की अंशमात्र स्मृति भी शेष नहीं है। जमदग्नि के परिवार और आश्रम में राम के आगमन से हर्षोल्लास आ गया है।

पिता की अनुमति से राम आश्रम में कैलाश पर्वत से सीखी नई व्यवस्था लागू करने में जुट गए। उन्हें कैलाश पर्वत की वह आयुध-निर्माणी बहुत उन्नत लगी थी, जहाँ स्वयं सदाशिव के मार्गदर्शन में संहारक अस्त्र-शस्त्रों का शोध और निर्माण होता था।

उन्हें नहीं पता था कि निकट भविष्य में ही इसकी इतनी जरूरत पड़नेवाली है।

□

नारद-लीला

अपने विशाल राजदरबार में स्वर्ण सिंहासन पर बैठे महावैभवशाली सम्राट् के नेत्र देव ऋषि नारद के आगमन से खिल उठे हैं।

"नारायण-नारायण, किस विचार में डूबे हैं हैहयराज?"

"स्वागतम् देवर्षि, आपका सादर अभिवादन है।"

"मैं यही विचार कर रहा हूँ कि चक्रवर्ती सम्राट् बनने के बाद अगला लक्ष्य क्या होना चाहिए, ऋषिवर!" अभिमान और विनम्रता के मिले-जुले स्वर में सम्राट् ने पूछा।

देवर्षि समझ गए कि सफलता का सुख, अब अभिमान के नशे में बदल रहा है, इसलिए उपचार की आवश्यकता है। आखिर उन्होंने सफलता का चरम शिखर छूने के बाद सदा ही अहंकार के जाल में छटपटाते-लुढ़कते व्यक्तित्वों को अनंतकाल से देखा था।

"नारायण-नारायण, सम्राट् ठीक कहते हैं, समूची पृथ्वी आपके बाहुबल के आगे नतमस्तक है। असंख्य राजाओं के मुकुट आपके चरणों की शोभा हैं, किंतु सम्राट्, बुरा मत मानिए, इसी पृथ्वी पर अनेक बिना मुकुट के राजा हैं, जिनके समक्ष हर सम्राट् का वैभव फीका है, बिना सेना के आपके प्रजाजनों के हृदय पर भी राज्य करते हैं।"

आश्चर्यचकित सम्राट् ने नेत्र चौड़े कर पूछा, "हे देवर्षि! ऐसा कौन है, जिसका वैभव और प्रभाव मुझसे भी अधिक है?"

देवर्षि ने औषधि की पहली खुराक आगे बढ़ाई।

"अनेक हैं राजन, ऐसे अनेक हैं, किंतु उनमें सबसे ऊपर है महर्षि जमदग्नि।"

"कैसे देवर्षि," विस्मित सम्राट् ने पूछा। "यह जानने के लिए तो आपको प्रत्यक्ष उनके आश्रम में जाना होगा, तभी जान पाएँगे महाराज।"

हैहयराज के अहंकार में बबूल का काँटा चुभाकर देवर्षि तो चलते बने, पर सिर्फ अपना ही यशोगान सुनते रहने के आदी सम्राट् रात भर करवटें बदलते रहे। सोचते रहे क्या यह सत्य हो सकता है कि मेरे राज्य में कोई मुझसे भी ज्यादा प्रभावशाली और वैभवशाली व्यक्ति है?

अंतिम प्रहर में ही उनकी आँख लगी, सुबह जब धूप उनके शयनकक्ष के गवाक्षों से झाँकने लगी तो उसके प्रखर ताप और तेज प्रकाश से उनको अपनी आँखें खोलनी पड़ीं।

उन्होंने प्रधानमंत्री को बुलाकर शिकार की व्यवस्था करने के आदेश दिए और स्थान चुना ऐसा जंगल, जिसके समीप ही जमदग्नि का आश्रम था।

आखेट का आनंद भी सहस्त्रबाहु को एक दिन से ज्यादा बाँध न सका और बिना बुलाए, बिना किसी सूचना के उन्होंने अपने अश्व का मुँह महर्षि जमदग्नि के आश्रम की ओर मोड़ लिया।

सैन्यदल, मंत्रिगण, शिकार विशेषज्ञ भी सम्राट् के पीछे-पीछे घने जंगल में जमदग्नि आश्रम की ओर बढ़ चले।

□

जमदग्नि का अद्भुत आश्रम

आश्रम क्या था, अपने आप में एक पूर्ण नगर ही था। दस हजार विद्यार्थियों, अनगिनत आचार्यों के रहने, खाने, पठन, पाठन, व्यायाम शालाओं, अनेक गौ शालाओं, भोजन शालाओं, अतिथि कक्षों, उद्यानों, सरोवरों, वृक्ष-कुंजों के साथ पूरा परिसर अत्यंत रमणीय था। सादगी और सुविधा का अनूठा संगम। हजारों एकड़ भूमि में बसे आश्रम में आयुर्वेद की सुविधा थी तो पांडुलिपियों, ग्रंथागारों, विविध विद्याओं-शिल्पों की प्रयोगशालाएँ, निर्माण शालाएँ भी।

सबकुछ सुव्यवस्थित, आत्मानुशासित, स्वसंचालित, बिना राजदंड के भी जीवन यहाँ संचालित था, यह देखकर सम्राट् को जाने क्यों अच्छा नहीं लगा। उन्होंने सोचा, 'यह तो राज्य के अंदर स्वतंत्र राज्य है, जो मात्र नैतिक बल से संचालित हो रहा है, इसके विशाल अन्नागार विपुल अन्न से भरे हुए हैं, ये किसी वस्तु के लिए न राज्य पर निर्भर हैं न राजा पर। तब भला राज्य की जरूरत ही क्या है? और राजा का भी क्या महत्त्व है? यदि ये कभी राज्य के विरुद्ध उठकर खड़े हो जाएँ तो क्या होगा।'

अपने विचारों के भँवर में फँसे सम्राट् ने देखा कि महर्षि जमदग्नि स्वयं उनके स्वागत के लिए चले आ रहे हैं।

"स्वागत है सम्राट्, यहाँ वनांचल में!" महर्षि जमदग्नि ने सहज प्रसन्नता के साथ माहिष्मति के अधिपति का अभिवादन किया।

सम्राट् ने परंपरानुसार महर्षि को प्रणाम कर शिष्टाचार का पालन किया।

"वर्षों की प्रतीक्षा आज पूर्ण हुई, यह गुरुकुल तो आपके राज्याभिषेक के दिन से ही आपका रास्ता देख रहा था सम्राट्, किंतु कई दशकों तक आप नहीं

आ सके, आज आकस्मिक रूप से ही सही, आप पधारे, यह प्रसन्नता की बात है।" ऋषि ने कहा।

आश्रमवासियों ने अतिथियों का स्वागत प्राकृतिक पेयों और एक-से-एक अनोखे वन फलों से किया। आश्रम का हर कोना देखने के इच्छुक सम्राट् को मुख्य परिसर दिखाने के बाद महर्षि ने विश्राम का अनुराध किया, किंतु धीरज और विश्राम को सम्राट् दुर्बलता मानते हैं, इसलिए अश्वारूढ़ होकर उन्होंने संपूर्ण आश्रम का गहन अवलोकन किया।

आश्रमवासी सम्राट् को अपने बीच पाकर प्रसन्न हैं, अतिथियों का सत्कार आश्रम की परंपरा है, उसी भावना से सम्राट् और उनके विशाल दल को सांध्यभोज में ऐसे-ऐसे वन व्यंजन परोसे गए हैं कि सैनिक और सेनानायक ही नहीं, स्वयं सम्राट् तक विस्मित हैं, सुस्वादु भोजन ने सम्राट् की ईर्ष्याग्नि को और भड़का दिया है, किंतु कोई बाहर से अनुमान नहीं कर सकता, आखिर सम्राट् को भावनाओं को नियंत्रित रखने का अभ्यास है।

भोजन के बाद सुगंधित तांबूल, लवंगश्री, इलायची का आनंद लेते हुए सम्राट् ने अपने गुप्तचरों को लगाया कि इतने विशाल आश्रम के संचालन के लिए धन के अक्षय प्रवाह की आवश्यकता होती होगी, उसका क्या स्रोत है? आवश्यक रसद की पूर्ति श्रृंखला क्या है? आश्रमवासियों के आपसी संबंध कैसे हैं? यह आश्रम उनके साम्राज्य का कितना हितचिंतक है?

अगले दिन दोपहर भोज के बाद विश्रामकाल में गुप्तचरों ने बताया कि आश्रम के अन्नागार और अन्य वस्तुओं के भंडार कभी रिक्त नहीं होते, दानदाताओं की भीड़ यहाँ कभी कम नहीं होती। आश्रम बहुत सी प्राकृतिक वस्तुएँ, औषधियाँ आमजनों को नि:शुल्क बाँटता है, इसलिए ग्रामीण किसानों से लेकर नगरवासी श्रीमंतों तक में आश्रम के प्रति अटूट आस्था है, जो दस सहस्र विद्यार्थी यहाँ विद्या अध्ययन के लिए आते हैं, उनके स्वजन भी मुक्त हस्त से अन्न, वस्त्र, मुद्राएँ, स्वर्ण, रजत, लौह अपनी सामर्थ्य के अनुसार आश्रम को भेंट करते हैं, आश्रम की समृद्धि के कारण यहाँ के विद्यार्थी भिक्षावृत्ति के लिए नहीं जाते।"

गुप्तचरों की बात सुनकर सम्राट् ने पूछा, "अन्य कोई विशिष्ट तथ्य?"

मुख्य गुप्तचर ने विनम्रतापूर्वक कहा, "सम्राट्, यहाँ के विद्यार्थियों को

विज्ञान, व्याकरण, गणित, धर्मशास्त्र, काव्य, संगीत, स्थापत्य, चित्रकला, नृत्य, अर्थशास्त्र आदि विषयों के साथ अनिवार्य सैन्य शिक्षा भी दी जाती है, यह राज्य के लिए हितकारी नहीं है।"

एक गुप्तचर ने यह भी बताया कि जमदग्नि की गौशाला में एक कामधेनु गाय है। ऋषि के प्राण उसमें बसते हैं, आश्रम की इतनी समृद्धि भी उसी गाय का प्रताप है।

गुप्तचरों की सूचना सुनकर सम्राट् के माथे पर बल पड़ गए, 'अनिवार्य सैनिक शिक्षा तो किसी बड़े षड्यंत्र की ओर इंगित करती है। निःशुल्क औषधि वितरण से आश्रम जनसामान्य में लोकप्रिय है और सैनिक शिक्षा के द्वारा उनके पास युवा विद्यार्थियों की सशस्त्र सेना तैयार हो रही है, ये तो विद्रोह के लक्षण हैं,' सम्राट् ने मन-ही-मन तय कर लिया कि उन्हें क्या करना है ?

"यदि वह मंगलकारी कामधेनु यहाँ की समृद्धि का कारण है तो सबसे पहले उस गाय को ऋषि से किसी भी तरह से ले लेना है—विनय से, मूल्य से या राजदंड से, क्योंकि समृद्धि ही विद्रोह का साहस देती है।"

□

कामधेनु की कामना

जमदग्नि संध्यावंदन से निवृत्त हुए, तभी सम्राट् का बुलावा आ पहुँचा, आकाश में सूर्य ढलना प्रारंभ कर रहा था, पंछी अपने घोंसलों की ओर उड़ चले थे, महर्षि को इस अचानक बुलावे में कुछ अशुभ प्रतीत हुआ, एक अज्ञात आशंका, अतीत के अत्याचारों की स्मृति मस्तिष्क से उतरी नहीं थी।

महाराज कृतवीर्य के समय संधि होने से घाव भर गए थे, पर उनके चिह्न अभी भरे नहीं थे। वे शुभ-अशुभ का विचार करते हुए अतिथिगृह में पहुँचे।

सम्राट् ने विनम्र अभिवादन से स्वागत किया तो वे सहज हुए।

"महर्षि, आपसे एक प्रार्थना है, प्रजा के कल्याण के लिए कामधेनु मुझे प्रदान करें।"

"मेरे आश्रम की सभी गायें कामधेनु हैं राजन, आप कौन सी कामधेनु चाहते हैं?"

"वही मुनिवर जिस पर आपका सर्वाधिक स्नेह है।"

"उसे तो मैंने बचपन से शिशु की तरह पाला है राजन, उसकी माँ की मृत्यु हो जाने से वह अधिक स्नेह की अधिकारी थी।"

"आप कोई भी अन्य गाय ले जा सकते हैं, यद्यपि ये सभी गायें दान में मिली है, इन्हें पुनः दान करने का मुझे अधिकार नहीं है, राजन।"

महर्षि गाय तो मुझे वही चाहिए, हाँ उसके बदले आप चाहे, जितनी स्वर्ण मुद्राएँ माँग लें। "अब राजहठ मुखर होने लगा था।

"क्षमा करें महाराज, हम गौवंश का व्यापार नहीं करते।" महर्षि ने खिन्नता के साथ कहा।

महाराज को गुप्तचर की सूचना पर विश्वास होने लगा कि यह गाय ही आश्रम की समृद्धि का कारण है।

"तब यह राजाज्ञा है ऋषिवर, प्रत्येक श्रेष्ठ वस्तु पर प्रथम अधिकार राजा का है।"

"राजाज्ञा राज्य में लागू होती है महाराज, आश्रम में नहीं।" आकाश में अँधेरा बढ़ रहा था, सूर्य डूब चुका था, पृथ्वी पर भी अंधकार बढ़ना ही था।

हैहयराज ने अपना धैर्य खो दिया, क्रोध अनके मुखमंडल पर उतर आया, "तब देखें आप कि राजाज्ञा कैसे लागू होती है।"

सम्राट् के इंगित पर सेनापति ने पूरे आश्रम को बंधक बना लिया, अतिरिक्त सेना रात में ही आ चुकी थी। सशस्त्र सैनिकों ने गुरुकुल के विद्यार्थियों को उनके छात्रावासों से बाहर न आने दिया गौशाला से रँभाती हुई कामधेनु को बलपूर्वक घसीटकर ले गए सैनिकों ने एक रथ में लादा। विवश ऋषि और आश्रमवासी शस्त्रों की नोक पर स्तंभित रह गए। आकाश में घना अंधकार था और आश्रम में भी आज कोई दीप प्रज्वलित न हुआ।

आश्रम की मर्यादा और आत्मगौरव का अपहरण कर हैहयराज की सेना वापस राजधानी लौट रही थी।

□

पतन से पहले

सम्राट् के असभ्य व्यवहार से आहत ऋषि को वह समय याद आया, जब कार्तवीर्य अर्जुन एक कर्मठ, परिश्रमी, दूरदर्शी और कुशाग्र राजा था; उसकी दानशीलता, उसका न्याय, उसकी कठोरता, उसकी रणनीति, उसका सूचना-तंत्र, उसकी सैन्यशक्ति का संपूर्ण पृथ्वी पर कोई मुकाबला नहीं था।

प्रशासन में वह योग्यता, साहस, कर्मठता, विशेषता का पुजारी था। अपने विशाल साम्राज्य का निरंतर भ्रमण करते रहने से वह अपने नगरों और ग्रामों, किलो और सैन्य शिविरों को ही नहीं, वनों और पर्वतों को भी अपनी हथेलियों की रेखाओं की तरह पहचानता था। नदियों, समुद्रतटों, घाटियाँ कही भी उसे किसी से मार्ग पूछने की आवश्यकता नहीं थी।

साम्राज्य के प्रमुख मार्गों से वह ऐसे ही परिचित था, जैसे माहिष्मती की सँकरी गलियों से।

सेना और प्रशासन को वह निरंतर चुनौतीपूर्ण अभियानों की कसौटी पर परखता रहता था।

उसका राजनय और कूटनीति सभी के लिए पहेली थी। परास्त रावण को ससम्मान मुक्त कर उसने अपने समुद्रतट की सुरक्षा सुनिश्चित कर ली थी। उसे दंडकारण्य के निर्जन वनों में कोई दिलचस्पी नहीं थी, इसलिए वहाँ राक्षसों को नियंत्रित करने में शक्ति संसाधन लगाने की बजाय उसने उर्वरक मैदानों में कृषि की उन्नति और समुद्री व्यापार पर ध्यान दिया।

अपने साम्राज्य के दूरस्थ स्थानों में कभी भी प्रकट होकर वह प्रजा और प्रशासन दोनों को चमत्कृत और चैतन्य बनाए रखता था। उसकी गतिशीलता

को प्रजा दैवी चमत्कार की तरह लेती। लोग कहते कि उसके पास भगवान् दत्तात्रेय का दिया हुआ स्वर्ण विमान है, जो कभी भी कहीं भी पलक झपकते पहुँच सकता है।

युद्ध में वह इतनी चपलता से शत्रुओं के शीष काट डालता कि देखनेवालों को सुदर्शन चक्र का स्मरण हो उठता।

कवि उसके पराक्रम की प्रशंसा में काव्य लिखने लगे, चारण और भाट उसकी प्रशस्ति गाने लगे, नाट्यकला में प्रवीण अभिनेता उसकी दानशीलता और विजय-प्रसंगों को अभिनीत करने लगे।

नर्मदा तट पर उसका भव्य प्रासाद दिन में किसी राजा के रत्नजड़ित मुकुट की तरह सूर्य किरणों से प्रकाशित होता तो चाँदनी रात्रि में वह सौंदर्यवती नर्मदा के स्वर्ण बाजूबंद सा दमकता।

उसका विशाल दुर्ग उसकी सत्ता और शक्ति का यथार्थ प्रतीक था, उसके आसमान छूते बुर्जों पर तैनात सुरक्षा प्रहरी इतने चैतन्य रहते कि कोई पंछी भी माहिष्मती के आकाश में उतना ही पंख फड़फड़ा सकता था, जितनी कि अनुमति हो अन्यथा यह अंतिम उड़ान होती।

किले की प्राचीरों के भीतर संपन्नता का समुद्र हिलोरें लेता था। राज्य के अधिकारी, सेनापति, अमात्य, पुरोहित, व्यवसायी, विदेशी दूत और इन सबके सेवक साम्राज्य की समृद्धि का उपयोग करते थे, किले के एक किनारे नर्मदा तट पर राजप्रासाद तो चरम वैभव का प्रतीक था।

भव्य महल के बाहर कोई भी ऋतु हो महल के भीतर तो सदा बसंत ऋतु ही रहती थी। संसार के सर्वश्रेष्ठ रत्नों, रेशमी वस्त्रों, स्वर्ण, मोती, मणियों से सजे हुए कलात्मक आवास हर ऋतु में सुखदाई थे।

सिद्धहस्त चित्रकार यहाँ अपने रंगों और कूची से नए चित्र रचते और पुरानों को नया जीवन देते रहते। स्वर्णकार नितनूतन आभूषणों को प्रस्तुत करते निपुण माली यह देखते कि कोई कोना पुष्पों से वंचित न रहे।

संगीतज्ञ सुबह से लेकर देर रात तक मधुर स्वय लहरियाँ छेड़ते रहते और अप्सराओं सी श्रेष्ठ नर्तकियाँ हर समय अभ्यास में डूबी रहतीं कि पता नहीं कब राजपरिवार उनकी नृत्य मुद्राओं में डूबना चाहे।

महल की व्यायामशाला में राजकीय पहलवान ब्रह्ममूहूर्त से अखाड़ों में उतर जाते, कठोर अभ्यास के बीच वे राजपुरुषों को मल्लयुद्ध के दाँवपेंच सिखाते, शस्त्रशाला में राजकीय लौह-शिल्पी तलवारों, भालों, ढालों को बेहतर बनाते और योद्धा उनका नित्य परीक्षण करते।

महल के पूर्वी भाग में महाकाल शिव का भव्य देवालय था, सम्राट् के इष्टदेव भगवान् दत्तात्रेय का श्वेत संगमरमर का मंदिर बीचोबीच था। उसके दूसरी ओर हैहयों की कुलदेवी का काले पत्थर का प्राचीन मंदिर था। मंदिरों के बाहर विशाल मंडप था, जिसके मध्य में विशाल हवनकुंड था, मंदिरों में प्रज्वलित अखंड ज्योति कभी बुझती नहीं थी, न ही हवनकुंड कभी विश्राम पाता था।

सम्राट् का निवास-खंड तो इतना कलात्मक सौंदर्यपूर्ण और ऐश्वर्य संपन्न था कि देवराज इंद्र की अलकापुरी भी दीन प्रतीत होती। हाथी दाँत, मूँगा, मोती, स्वर्ण, रजत, पुखराज, मुक्ता, मणियाँ, संसार की श्रेष्ठतम सामग्री से संपन्न।

उनके रनिवास में जो प्रतिवर्ष विकसित और बड़ा होता है, पृथ्वी के श्रेष्ठतम स्त्री रत्नों का संग्रह है।

महारानी मनोरमा वसुमति और विधिमुद्रा के अलावा अनगिनत प्रजातियों, अनगिनत भाषाओं की अनगिनत देशों और अंचलों की सुंदर स्त्रियाँ रनिवास की शोभा हैं।

सहस्त्रबाहु की सहस्त्र रानियाँ कोई आश्चर्य का विषय नहीं हैं, संयमी राजकुमार जब सिंहासन पर बैठे तो अधीनस्थ राजाओं ने वैवाहिक संबंधों की डोर में बाँधकर आत्मीयता प्रगाढ़ करने के प्रस्ताव दिए। राज्य के हित में उन्हें स्वीकार करना पड़ा, राजधानी से दूर युद्ध अभियानों में जो कई बार महीनों और वर्षों तक चलते थे, वहाँ सहज बने प्रणय-संबंध भी लौटते समय रनिवास की शोभा बनते थे। निरंतर शक्तिशाली होते साम्राज्य की विजय पिपासा के साथ-साथ सम्राट् की ऐश्वर्य पिपासा भी बढ़ती गई। परिणामस्वरूप रनिवास ही नहीं, राजपरिवार में भी अभूतपूर्व वृद्धि हुई है। सौ से ज्यादा पुत्रों के पिता हो चुके सम्राट् में अभी भी अथक ऊर्जा है, यद्यपि वे गृहस्थाश्रम की आयु पूर्ण कर वानप्रस्थ की आयु में आ गए हैं, लेकिन आयु उनके चिरयुवा मुखमंडल को जैसे स्पर्श भी नहीं कर पाई है, न ही देह मुद्राओं को, वे युवाओं से ज्यादा गतिशील हैं, इसका श्रेय उनके श्रेष्ठ

रक्त को है तो उनकी देह के प्रति सजगता को भी। राजवैद्य भी अपनी प्राकृतिक औषधियों से उन्हें चिरयुवा बनाए हुए हैं।

उनके पुत्रों में तीव्र प्रतिस्पर्धा है, अपने पिता जैसा होने की, उनका सिंहासन पाने की भी, जिसमें उनकी माताएँ और उनके समर्थक राजकर्मचारियों के समूह भी शामिल हैं।

□

अंत का प्रारंभ

सम्राट् के बाहुबल के प्रताप की छत्रच्छाया के नीचे कई विखंडन प्रतीक्षा कर रहे हैं। सत्ता सदा षड्यंत्रों की सहचरी रही है। माहिष्मती की लौहसत्ता की जड़ों में निजी स्वार्थों की जंग लग चुकी थी, युवा राजकुमारों की महत्त्वाकांक्षाएँ हिलोरें ले रही थीं। पिता की महानता और दीर्घायु उन्हें कुंठित कर रही थी, वे भोग-विलास-मदिरा-मत्सर की ओर मुड़ रहे थे, भविष्य की चिंता उन्हें शंकालु बना रही थी। वे प्रतीक्षा करते-करते प्रौढ़ हो चुके थे। सम्राट् अपने पिता की तरह वानप्रस्थ लेने के इच्छुक नहीं थे।

पिता के विराट् व्यक्तित्व के हिमालय के नीचे आगामी पीढ़ी की आकांक्षाएँ पिसी जा रही थीं। राजराजेश्वर के राजकुमार अपनी अस्तित्वहीनता में कुंठित थे—शूर, शूरसेन, वृष्त्याय, वृष, जयध्वज, धृष्ट, कोष्ट, पद्य, वृषण, मधुपध्वज, वृषभ, मधु, उर्जित आदि राजकुमार अपने शेष भाइयों की तुलना में ज्यादा योग्य, ज्यादा बलशाली थे, इसलिए ज्यादा इच्छुक थे।

सम्राट् ने वनों को जलाकर कृषि योग्य बनाने का आदेश दिया, जिससे सहस्रों मनुष्यों को आजीविका मिली, किंतु ब्राह्मणों, ऋषियों, मुनियों ने इसे अधर्म बताया और विरोध किया।

वन उनकी तपस्या स्थली थे, अधिकांश ऋषि-मुनि। तपस्वी धनघोर निर्जन वनों में ही आश्रम बनाकर रहते थे, वनों के विनाश से वे क्रुद्ध हो गए। कई मुनियों ने राज्य के आदेश का उल्लंघन किया। इसके विरुद्ध सत्याग्रह करते हुए वे आश्रम के साथ ही जलकर भस्म हो गए, किंतु कोई सम्राट् को यह सत्य न बता सका कि इस आदेश के जनमानस में कितने भयानक परिणाम होंगे। प्रजावत्सल

सम्राट् अब एक अत्याचारी निरंकुश राजा माना जा रहा था, जिसके विरुद्ध शक्तिशाली और सर्वथापूज्य प्रभावशाली ब्राह्मण विद्रोह का शंख फूँकनेवाले थे।

नर्मदा नदी के जलमार्ग से समुद्र तक यातायात सुगम बनाने के लिए सम्राट् ने वास्तुविज्ञानियों और अभियंताओं के सुझाव पर एक विशाल बाँध बनाने का आदेश दिया।

व्यापार के साथ-साथ यह बाँध सिंचाई के लिए भी लाभदायक होगा, किंतु हर विकास की एक कीमत होती है, अकसर यह प्रभावितों के लिए इतनी दुखदाई होती है कि उनके लिए जीवन-मरण का प्रश्न बन जाती है। नर्मदा के बाँध का पहले तो सबने स्वागत किया, किंतु जैसे ही उसका निर्माण प्रारंभ हुआ, प्रजा में भीषण असंतोष फैल गया।

पवित्र नर्मदा को असंख्य भक्तजन देवी और माँ मानते थे। पौराणिक कथानुसार वे कुमारी हैं, उन्हें बंधन में नहीं बाँधा जा सकता।

सम्राट् का नर्मदा को बाँधने का निर्णय धर्म विरुद्ध है, यह विनाश लेकर आएगा, इसलिए प्रजा आक्रोश में सुलग उठी।

राजकर्मचारियों ने सैन्यबल से आक्रोश को कुचल दिया। बाधा बनाने के लिए अस्थायी प्रबंध कर नदी को बाँध स्थल से पहले ही बाँधा गया तो नदी का जलस्तर बढ़ जाने से घाटों पर बसे गाँव, मंदिर, खेत-खलिहान, नगर तक डूब गए और त्राहि-त्राहि मच गई। स्थानीय अधिकारियों में यह साहस न था कि राज्य और राजा को सच्चाई बता सकें, न ही वे बचाव कार्य के इच्छुक थे। सत्य तो यह है कि वे भी अपने सर्वशक्तिमान शासक से तंग आए हुए थे और मनमानी स्वतंत्रता भोगने के लिए कोई अशक्त निर्बल राजा चाहते थे।

□

षड्यंत्रों का दरबार

एक समय का सर्वसुख प्रदायक सर्वकल्याणकारी साम्राज्य अब अपने ही बोझ से लड़खड़ाने लगा, उसकी यह लड़खड़ाहट सबको दिख रही थी। केवल सम्राट् और उनके मुँह लगे दरबारियों को नहीं, जो वर्षों से सत्य के बजाय सुविधा के आदी हो चुके थे, अब वे सम्राट् को वही दिखाते, जो देखकर वह आत्मगर्व से भर उठता। वही सुनाते, जो उसके कानों को तृप्त करता। यहाँ सत्य और तथ्य का स्थान प्रशंसात्मक कथ्य ने लिया था और सम्राट् उसमें तृप्त हो जाते थे।

सचिवों, सलाहकारों, अमात्यों में एक दुरभिसंधि ही थी। वे युक्तिपूर्वक पक्षपात करते और सम्राट् जान भी न पाते कि सुंदरकालीन के नीचे मनमाने अन्याय के शिकार पीड़ितों के अस्थि-पंजर कराह रहे हैं।

जिस राज्य में बुद्धिजीवी असंतुष्ट, राजा आत्मसंतुष्ट, व्यवस्था पक्षपाती और रक्षक भृष्ट हो जाएँ, उसका भविष्य अंधकारमय ही हो सकता है। दुर्भाग्य का अँधेरा माहिष्मती के आकाश पर छाने लगा था, किंतु सत्ता की चकाचौंध में उसे कोई देख नहीं सका, दुर्ग की लौह प्राचीरों की नींव खोखली हो चुकी थी।

एक केंद्रीयकृत शासन की यह कमी है कि वह एक महान् व्यक्तित्व या व्यक्तियों के समूह पर आश्रित होता है, छोटे-से-छोटे निर्णय शिखर स्तर पर लिये जाते हैं तो नीचेवाली कड़ियाँ उत्तरदायित्व विहीन हो जाती हैं। नीचे के लोग स्थानीय परिस्थितियाँ देखकर अकसर अनुकूल निर्णय लेने की बजाय शिखर पर लिये गए निर्णय के आदेश-पालक मात्र बनते हैं, माहिष्मती साम्राज्य भी पूर्णत: सम्राट् के व्यक्तित्व पर निर्भर था। व्यक्तिपूजा का उत्कर्ष, एक श्रेष्ठ सम्राट् के

सद्‌गुणों को भी खा गया। नर्मदा से बेतवा और प्रयागतीर्थ से सह्याद्रि, सह्याद्रि से यमुना तक का विशाल विस्तार अपने दैनिक मामलों और राजकाज की समस्याएँ सुलझाने के लिए एक ही व्यक्ति पर आश्रित रहना शुभ साबित नहीं हुआ।

सम्राट् को राज्य करते-करते आधी सदी से ज्यादा बीत चुकी है। प्रारंभिक वर्षों की गतिशीलता अब जड़ता में बदल चुकी है, सुधार के लिए व्याकुल राजकुमार अब यथास्थितिवादी सम्राट् हो चुका है। उत्साह अब उदासीनता में बदल गया है, प्रकृति अब सहज परिवर्तन चाहती है, पर सत्ताधारी कब तैयार होते हैं?

अतीत में भार्गवों और हैहयों के मध्य संघर्ष का एक कारण समुद्री व्यापार भी था। समुद्रतट पर भार्गवों का प्रभुत्व था, भारवाही नौकाओं के वे ही स्वामी थे। जब सम्राट् को यह समझ आया कि समुद्रतट पर तो राज्य का वर्चस्व होना चाहिए, तब विवाद प्रारंभ हुआ सम्राट् ने कूटनीति से अत्रिवंश के लोगों को प्रोत्साहन देकर भार्गवों से प्रतिस्पर्धा के योग्य बना दिया, दत्तात्रेय को अपना गुरु स्वीकार कर बड़ी बड़ी नौकाएँ बनवाई, जलमार्ग से होनेवाले व्यापार में भार्गवों को परास्त कर दिया।

भार्गव भी कम नहीं थे, उन्होंने हैहयों के विरुद्ध वैवाहिक संधियाँ कर अपनी सैन्यशक्ति बढ़ा ली, साथ ही जो भी राजा या योद्धा हैहयों के विरुद्ध लड़ता, उसे पूरा संरक्षण और सहायता देने की नीति अपनाई।

विचारधारा का संघर्ष भी भार्गवों और हैहयों की शत्रुता के मूल में था, महर्षि वसिष्ठ का विचार था कि मनुष्य और राज-व्यवस्था दोनों को आत्म-अनुशासन से चलना चाहिए न कि पाशविक बल से। उनका मानना था कि ईश्वर ने सबको विवेक दिया है और कर्तव्यबोध भी, इसलिए न राजा की आवश्यकता है, न राजदंड की, मानव-समाज को नैतिक बल से स्वयं संचालित होना चाहिए, जैसे वनस्पतियाँ, वन्यप्राणी या नदियाँ, समुद्र आदि स्वयं अपनी मर्यादा में रहते हैं, कोई उनका राजा या स्वामी नहीं होता तो मनुष्यों को राजा या सेना या राजदंड की क्या आवश्यकता है। उन्हें भी प्राकृतिक नियमों से जीना चाहिए संग्रहण, आक्रमण, प्रतिरोध, प्रतिशोध, युद्ध, हत्या, ये सभी विकार हैं।

हैहय योद्धाओं को इतना ऊँचा आदर्श अव्यावहारिक लगता था। उन्हें

मनुष्यों के विवेक से ज्यादा विश्वास राजदंड पर था। वे वीर भोग्या वसुंधरा के पुजारी थे। सहस्त्रबाहु ने अपने भुजदंडों से जो विशाल साम्राज्य बनाया था, वह नैतिक सदिच्छा से नहीं चल सकता था। उसके संचालन के लिए दृढ़ इच्छाशक्ति और साधन-संपन्न सैन्यशक्ति आवश्यक थी।

वसिष्ठ के नेतृत्व में ब्राह्मणों और पुरोहितों ने राजा की आवश्यकता को ही नकार रखा था, दूसरी ओर हैहय मानते थे कि ब्राह्मणों को राजकाज में मार्गदर्शन देने की कोई आवश्यकता नहीं है, वे कौन होते हैं हमें संचालित करनेवाले, हम स्वयं सक्षम हैं।

ब्रह्मा, विष्णु, महेश की त्रिमूर्ति, जिनमें समन्वित है, ऐसे भगवान् दत्तात्रेय को अपना गुरु बनाकर सम्राट् ने भार्गवों की सत्ता को किनारे कर दिया था, भृगुवंशी अब उनके राजपुरोहित नहीं थे, न राजगुरु थे। इस तरह वे सत्ता के केंद्र से परिधि की ओर धकेल दिए गए थे, दिग्विजयी सम्राट् को उनके आशीर्वाद से ज्यादा अपने भुजदंडों पर विश्वास था।

□

विद्रोह के बादल

सत्ताच्युत भृगुवंशी गहन वनों में चले गए थे, वहाँ रहते हुए उन्होंने अपनी तपस्या, शोधकार्य, शिक्षण, प्रशिक्षण से इतनी शक्ति-संचय कर ली थी, उसका आभास हैहयों को नहीं था।

और्व, ऋचीक और जमदग्नि के नेतृत्व में भृगुवंशी जंबूदीप की स्वतंत्र चेतना के प्रतीक बन गए थे। राजसत्ता से पीड़ित लोगों का गुप्त शरणस्थल, जहाँ घायल, परास्त योद्धा आते और संजीवनी लेकर लौट जाते, दुर्गम पर्वतों, घनघोर जंगलों, प्राचीन तीर्थों, ग्रामीण अंचलों, विस्तृत समुद्र तटों, भीड़ भरे बाजारों, भृगुवंशी हर कहीं उपस्थित और सक्रिय थे। वे अदृश्य नहीं थे, पीड़ितजन उन्हें जानते थे, बस राजसत्ता की आँखें उन्हें नहीं देख पाती थीं, वे जनजीवन में ऐसे घुले-मिले थे, जैसे दूध में शक्कर।

उनकी नैतिक सत्ता बाहुबली सम्राट् के साम्राज्य से बहुत बड़ी थी, उसे अनुभव किया जा सकता था, पकड़ा नहीं जा सकता था। साम्राज्य के स्वर्णयुग के आवरण का पानी उतरना प्रारंभ हो गया था।

राजनीतिक स्थिरता का वरदान अब चारित्रिक शिथिलता आ जाने से भीषण दुखदायी अभिशाप होता जा रहा था। वीर योद्धा अब विलासी आत्ममुग्ध तानाशाहों में बदल गए थे, अपनी ही आत्मश्लाघा को उन्होंने आत्ममुग्धता बना लिया था। वे अब स्वयं पर मोहित थे। चाटुकारों और अवसरवादी दस्युओं के जाल में सम्राट् ही नहीं, उनके सेनापति, मंत्री, पुरोहित, योद्धा, सलाहकार, न्यायाधीश, गुप्तचर सब फँस चुके थे।

माहिष्मती अब अपनी ही आत्मस्तुति की बंदी हो चुकी थी।

राजमहल के बाहर का सत्य जानने में किसी की रुचि नहीं थी, न बताने में, व्यवस्था के नाम पर एक विशाल अव्यवस्था साँस ले रही थी, जहाँ न्याय, सत्य, नैतिकता, योग्यता, दूरदर्शिता, विधि, शुचिता, औचित्य चलन के बाहर थे, अब तो राजाज्ञा ही कानून थी। लालसा-जीवन पद्धति और पक्षपात ही न्याय था।

जिस महान् सम्राट् के राज्य में प्रजा का धन कभी नष्ट नहीं होता था, उसकी नाक के नीचे उसके सेनानायकों ने कैसी लूट मचा रखी थी कि प्रजाजन ही नहीं, राजकर्मचारी भी अब अपने उचित कार्य कराने के लिए भी धन देने की बाध्यता को सहज सत्य मान चुके थे।

हैहय साम्राज्य का वैभवशाली विराट् जलयान नैतिक दिशासूचक के अभाव में अपना रास्ता भटक चुका था, सुरक्षित किनारे पीछे छूट गए थे और भीषण समुद्री तूफान उमड़ने की तैयारी में था।

तीन पीढ़ी पहले के राज्यकोप से भृगुवंशियों ने सही सीख ले ली थी। उन्होंने सीख लिया था कि कोरे शास्त्रज्ञान से जीवनयापन का युग समाप्त हुआ, अब शस्त्र ज्ञान के बिना जीवन कठिन है, दूसरा राजसत्ता का सामना जनसत्ता ही कर सकती है, इसलिए जनता ही जनार्दन है।

भविष्य के संघर्षों में व्यक्तिगत शौर्य से ज्यादा महत्त्व तकनीक और यंत्रों का होगा, इसलिए शोध अनुसंधान अनिवार्य है।

भार्गवों ने निरंतर देशाटन कर नए-नए आश्रम स्थापित किए, सौराष्ट्र के समुद्रतट से नर्मदा तट तक ही नहीं, उत्तर में चंबल, यमुना, गंगा तट तक भृगुवंशियों ने अपने आश्रम बनाए, अब वे हर कहीं थे, पीड़ित प्रजा के हृदय से लेकर दुर्गम वनग्रामों तक, उनके गुरुकुलों में सभी वर्णों के विद्यार्थियों को शास्त्र और शस्त्र दोनों में निपुण बनाया जा रहा था। आयुधशालाओं में नए संहारक अस्त्र-शस्त्र विकसित हो रहे थे, साम्राज्य से परास्त-पददलित समुदायों को स्नेह-संबल, शरण, आत्मविश्वास की संजीवनी दी जा रही थी। नदियों समुद्रतटों के मछुआरों को वेदमंत्रों, यज्ञों से संस्कारित किया जा रहा था। सरमरसता, सहिष्णुता एवं समानता का वैदिक आदर्श प्रताड़ितों को मोहित कर रहा था—ब्राह्मण, क्षत्रिय, किसान, आखेटक, वनवासी, अघोरी सब भार्गवों के स्नेह-सूत्र में बँधकर उठ खड़े हुए।

पददलित नागों, प्रताड़ित गंधर्वों, उजाड़े गए आभीरों, पिछड़ गए यादवों सबकी पहुँच, भृगुवंशियों के गुरुकुल में थी, सबको शरण, सबको आश्रय देने की उदारता।

नारद मुनि ने जैसे सम्राट् को लंबी निद्रा से जगा दिया था। जमदग्नि आश्रम की विशालता और साधन संपन्नता से चौंक उठे थे वे, उन्हें अपनी आँखों से, जो गुरुकुल देखने को मिला, कभी उसकी सूचना उनके गुप्तचरों ने नहीं दी थी। विशेषकर, सैन्य प्रशिक्षण की, जमदग्नि की इच्छा के विरुद्ध उनकी प्रिय कामधेनु को छीनकर लाने से भी उनका आहत अहंकार संतुष्ट न हुआ। उन्होंने राजधानी लौटकर राज्य गुप्तचर विभाग के मुखिया को पद से हटा दिया, सुरक्षा प्रमुखों को डाँट लगाई।

राजतंत्र की शिथिलता को दूर करने को यह पर्याप्त नहीं था। हाँ, इससे कुछ हलचल और सनसनी अवश्य मची, नया मुखिया भी यह तक न जान सका कि संपूर्ण व्यवस्था में इतना आंतरिक क्षोभ व्याप्त है कि राजदरबार की छोटी-से-छोटी सूचना भी अविलंब भृगुओं के आश्रम में पहुँच जाती है, प्रतिशोध की चिनगारी सुलग रही है, माहिष्मती साम्राज्य के आकाश में विद्रोह के बादल उमड़ रहे हैं।

□

प्रतिशोध की ज्वाला

कृषिभूमि तैयार करने के कार्य में लगे राजकर्मचारियों की लापरवाही से घने जंगल में लगाई गई आग एक वनग्राम को चारों ओर से झुलसा रही थी, निकल भागने का एकमात्र मार्ग नदी में से था, पर उस गाँव में कोई नाव नहीं थी, नदी के उस पार से इस पार उठती विकराल ज्वालाएँ देखकर युवा परशुराम अपने साथियों के साथ नावों में बैठकर यहाँ आ पहुँचे, उनकी नावें तट से लगते ही जान बचाने के लिए खड़े लोग एक साथ नावों में चढ़ गए। महिलाएँ, बच्चे, बुजुर्ग अचानक अग्निकांड से जान बचाकर भागे थे उनके अन्नागार, आवास, पशु, घर-गृहस्थी के सामान सब स्वाहा हो गए थे। दो दिन से भोजन भी नहीं मिला था, जंगल में जंगल जल जाए तो धुएँ के सिवा कुछ नहीं बचता, धुएँ से पेट नहीं भरता, जलन होती है साँसों में भी और आँखों में भी, नावों में लदकर पूरा गाँव सुरक्षित तट पर उतरा, नावें शेष लोगों को लेने फिर उस पार गईं, दो दिन तक बचाव कार्य चला, अग्नि के शांत होने तक इन्हें भोजन-शरण देने की व्यवस्था कर परशुराम अपने पिता के आश्रम लौट रहे हैं तो उन्हें मार्ग में रथों और घोड़ों की टापों के चिह्न दिखाई दिए। घोड़ों और हाथियों की लीद के ढेर देखकर वे जान गए कि कोई बड़ा सैन्य दल इधर आया है।

उन्हें आश्रम की दूर से दिखाई देनेवाली दीप-ज्योतियाँ भी आज दिखाई नहीं दे रही हैं, जबकि सूर्य डूब चुका है और पृथ्वी ने अंधकार की चादर ओढ़ ली है। उन्हें अनिष्ट की आशंका होने लगी, उनके हाथ परशु पर कस गए। आश्रम में प्रवेश द्वार से ही उन्हें संघर्ष के चिह्न दिखाई देने लगे, रथ पर चढ़ने के पूर्व कामधेनु ने विकट तांडव किया था, उसने अपने नुकीले सींगों से उन सैनिकों का

ही पेट फाड़ दिया था, जो उसे निर्ममतापूर्वक खींच रहे थे, उसके बाद वह आश्रम की पुष्पवाटिका में घुस गई, उसके पीछे-पीछे सैन्यदल जाल लेकर दौड़ रहा था, सबको खूब छकाने-गिराने, घायल करने के बाद जब वह थक गई, तभी काबू की जा सकी, पर अपने संघर्ष के प्रमाण आश्रम में छोड़ गई।

गोपालों से यह विवरण जानकर परशुराम जमदग्नि की कुटिया की ओर गए, वहाँ भी अँधेरा अनिष्ट की तरह पसरा हुआ था। जमदग्नि बहुत सम्मानित व्यक्ति थे, अपमान और विवशता का यह पहला आघात उन्हें इतना भारी पड़ा था कि घटना के बाद से ही उन्होंने अन्न का एक दाना ग्रहण नहीं किया था। वे मानसिक और शारीरिक दोनों दृष्टि से अस्वस्थ हो गए थे।

रेणुका उन्हें शांत करती हैं, पर वे रह रहकर दावानल से धधक रहे हैं।

उन्हें पश्चात्ताप हो रहा है कि क्यों उन्होंने अपने जन्मजात क्रोधी स्वभाव को त्याग दिया, वे तो जन्म से धधकती अग्नि जैसे थे, तभी तो पिता ने उनका नाम जमदग्नि रखा था, हर कोई उनके क्रोध से इतना डरता था कि उनके सामान्य विचार को भी आदेश माना जाता था, जैसे-जैसे उनकी आयु बढ़ती गई उनका क्रोध भी बढ़ता गया था और फिर उसी क्रोध का शिकार उनकी जीवनसंगिनी और तीन पुत्र हुए, जब एक दिन नदी से लौटने में रेणुका को विलंब हुआ तो क्रोध में विवेक खो चुके ऋषि ने अपने पुत्रों को उनकी हत्या का आदेश दिया, इस अविवेकी आदेश को पुत्र क्यों मानते? उनकी अवज्ञा से ऋषि ने रहा-सहा विवेक भी खो दिया और सबसे छोटे बेटे राम को भाइयों और माँ की हत्या के लिए बाध्य किया।

आदेश पालन होते ही ऋषि को होश आया और राम के निवेदन पर उन्होंने अपनी पत्नी और बेटों को योगबल से तत्क्षण यथावत् निरामय कर दिया, साथ ही उस घटना, उस अनुभव को उनकी स्मृति से विलोप भी कर दिया।

अपने हत्यारे हो चुके क्रोध से शर्मिंदा मुनि ने आत्मसंशोधन किया और क्रोध को सदा-सर्वदा के लिए त्याग दिया।

वे इतने क्षमाशील हो गए कि बड़े-से-बड़े अपराध पर भी उन्हें अब क्रोध नहीं आता था। सम्राट् ने उनकी क्षमाशीलता का लाभ उठाया था, यह बात रह-रहकर उनको चुभ रही थी।

सहसा राम को देखकर ऋषि चैतन्य हुए, पिता के चरणों में नमन कर राम ने उनसे पूरा विवरण सुना। "अतिथि सत्कार के बदले सम्राट् ने जो घृष्टता की थी, वह क्षम्य नहीं थी, पिताजी, आपने उस अहंकारी को यहीं भस्म क्यों नही कर दिया।" राम की जिज्ञासा पूछ उठी।

"राम, मैंने अपने क्रोध को जीतकर क्षमाशीलता को धारण किया है, मैं दोबारा पुराना जमदग्नि नहीं होना चाहता और अतिथि वैसे भी अवध्य होता है।" ऋषि के शब्दों में गहन पीड़ा थी।

"पिताजी, आप क्षमाशील हैं, किंतु मैं नहीं, सम्राट् पूर्णतः अपने कर्तव्य मार्ग से भटक चुके हैं, उनके निकट कोई निर्भय-निष्पक्ष व्यक्ति नहीं है, कुशासन से पीड़ित सामान्य जनों की पीड़ा सुननेवला कोई नहीं है, मत्स्यन्याय प्रभावी है। जहाँ दुर्बल का शोषण सबलों का ईश्वरीय अधिकार जैसा बन गया है। भृगुवंश के मुखिया पर इस अत्याचार का प्रतिकार हम यदि नहीं करेंगे तो उस संपूर्ण प्रजा का मनोबल टूट जाएगा, जो लंबे समय से विद्रोह के लिए तैयार बैठी है, बस उसे नेतृत्व की आवश्यकता है।"

"आप आशीर्वाद दीजिए, मैं अपने इस परशु की तीक्ष्ण धार से सम्राट् का वध कर कामधेनु को वापस लेकर आऊँगा।"

"शांत हो पुत्र! सम्राट् ने अनर्थ किया है, किंतु तुम यदि सम्राट् का वध करोगे तो यह भी महानर्थ होगा।" पुत्र को शांत करने के प्रयास में जमदग्नि अपना क्षोभ भूल गए हैं, "राजा पृथ्वी पर विष्णु का अवतार, वह सूर्य, पृथ्वी, वायु, यम, वरुण, कुबेर, अग्नि एवं विष्णु की भूमिका निभाता है, अतः अवध्य है, उसकी हत्या पाप है।"

"पिताजी आपने ही पढ़ाया था कि जो राजा कर्तव्यच्युत होकर अधर्मी हो जाए, प्रजा को न्याय, सुरक्षा, सहायता न दे सके, राजकोष अपनी विलासिता में उड़ा दे, उसका वध करने से कोई पाप नहीं लगता।"

जमदग्नि समझ गए कि राम के युवा पौरुष को धर्मशास्त्र की कौन सी व्यवस्था अधिक भा रही है। उन्होंने गंभीर स्वर में कहा, "पुत्र, हम ब्राह्मण हैं, हिंसा हमारा कर्तव्य नहीं है, हिंसा को हिंसा से नहीं जीता जा सकेगा, नियति ने ही एक श्रेष्ठ सम्राट् को ऐसा अविवेक दे दिया है कि प्रतिहिंसा की ज्वाला में

समस्त आर्यावर्त जल उठेगा, युद्ध में मृत्यु के देवता के सिवा अन्य कोई नहीं जीतता, पुत्र।"

राम ने विनयपूर्वक कहा, "पिताजी, आप ब्रह्मज्ञानी हैं, किंतु अत्याचारी को दंड दिए बिना ब्राह्मणत्व की रक्षा नहीं हो सकती, सम्राट् यदि ससम्मान कामधेनु वापस कर दें तो मैं भी युद्ध टालने का प्रयास करूँगा।"

पिता के उत्तर की प्रतीक्षा किए बिना राम प्रणाम कर बाहर निकल आए।

माहिष्मती के शासन-तंत्र की दृष्टि से बहुत दूर सौराष्ट्र के समुद्र तटों पर परशुराम मछुआरों और कोलियों के बीच है। समुद्र की लहरों से खेलनेवाले साहसी नाविकों के इस ग्राम में वे पिता के साथ बाल्यकाल से आते रहे हैं, महर्षि जमदग्नि भूमंडल भर में विचरण करते हैं, क्योंकि उनके पूर्वजों के समय से भार्गवों के असंख्य आश्रम यत्र, तत्र, सर्वत्र बिखरे हुए हैं। बालक राम से परशुराम बनने तक की यात्रा में इन आश्रमों की निर्णायक भूमिका है।

भृगुवंश के आश्रम क्या हैं, ये तो सामाजिक चेतना के केंद्र हैं, इन आवासीय गुरुकुलों में श्रेष्ठ आचार्य विद्यार्थियों को देवभाषा, श्रुति-स्मृति, वेद-पुराण, उपनिषद्, आरण्यक का पठन-पाठन कराते हैं, गौवंश की सेवा कराते हैं—मल्ल विद्या, युद्ध कला, कृषिकार्य, योग-आयुर्वेद, धनुर्वेद में यथा रुचि निपुण बना देते हैं।

जो आश्रम समुद्रों या नदियों के तटों पर हैं, वहाँ मत्याखेट, नौका-चालन, समुद्र विज्ञान, जलपोत निर्माण व संचालन, विदेश व्यापार का ज्ञान विशेष रूप से दिया जाता है।

सौराष्ट्र में राधापुर का यह समुद्र तट अत्यंत सम्मोहक है, किंतु यह सम्मोहन प्राणघातक है। लहरों के सौंदर्य में डूबे व्यक्ति को पता नहीं चलता और अचानक प्रबल हुई शक्तिशाली लहरें यम का पाश बनकर अपने साथ समुद्र की अतल गहराई में खींच ले जाती है। परशुराम बचपन से इस समुद्र तट के प्राणघातक सौंदर्य को पहचानते हैं, अत: उसके इंद्रजाल का रस दूर से ही ले रहे हैं।

ढलते हुए सूर्य की अनेक छवियाँ क्षितिज पर अपना रंग-रूप बदल रही हैं। व्याकुल मन के बवंडर की तरह सफेद फेन उठाती हुई लहरें प्रतिपल तट को थपथपा कर लौट जाती हैं, फिर से आने के लिए।

युवा नाविकों का एक समूह मत्स्याखेट के लिए तट से बँधी अपनी विशाल नौका को अपनी भुजाओं के समवेत बल से पानी में धकेल रहा है, ताकि नौका तैरने लायक गहरे जल में पहुँच सके।

नाव के चप्पुओं को चलाने के दैनिक अभ्यास ने उनकी मांसपेशियों को लौह सा ठोस बना दिया है। उनकी पिंडलियों, जंघाओं, भुजाओं में मछलियाँ उभरी हुई हैं। वक्षस्थल विस्तृत और कंधे वृषभ स्कंध हैं। वरुण के इन बेटों का आँगन है समुद्र। वे समुद्र की रग-रग पहचानते हैं।

बाल्यकाल में राम ने देखा था, कैसे यहाँ के निवासी आबाल-वृद्ध जलीय प्राणियों की तरह लहरों में खेलते हैं, समुद्र की गोद में खेलकर बड़े हुए ये तटवर्ती मनुष्य समुद्र के साहचर्य में स्वयं भी लहर हो गए हैं।

इन नाविकों को हवाओं, दिशाओं, ऋतुओं सब का स्वभाव और प्रभाव ज्ञात है, उन्हें यह भी पता रहता है कि कब समुद्र के किस कोने में मछलियाँ मिलेंगी, यह भी कि कब समुद्र देवता क्रुद्ध हैं और उनसे दूर रहना है, वे अपनी लकड़ी की नावों में सारी दुनिया घूमे बैठे हैं, जब मन करता है, शुभ मुहूर्त देखकर पीने का पानी और भोजन साथ लेकर वे उछलती लहरों पर निकल पड़ते हैं। रात-दिन समुद्र के वक्ष पर खेलते-खाते-आखेट करते, जब वे वापस लौटते हैं तो उनकी नावें ढेर सारी मछलियों से भरी होती हैं।

तट पर उतरने के बाद उन्हें शुल्क के रूप में कुछ मछलियाँ स्थानीय राजकर्मचारियों को देनी पड़ती हैं, जिसमें उन्हें कोई आपत्ति कभी नहीं थी, किंतु आजकल यह शुल्क बड़ा असहनीय होता जा रहा है। हर वर्ष राज्य कर्मचारी मनमानी वृद्धि करते जा रहे हैं, जिससे मछुआरे दुःखी हैं और आक्रोश बढ़ता जा रहा है।

सभी नाविकों ने तेज जयकारे के साथ नाव को गहरे पानी में धकेल दिया है और उसमें लपककर सवार हो गए हैं। समुद्र भी अपने बेटों का गरजकर स्वागत कर रहा है, जो चप्पुओं से नाव को नियंत्रित करते आगे बढ़ रहे हैं।

ताजा मछलियों से भरी एक नाव तट पर आकर लगी है। मछुआरे नाव से उतरकर दूर किनारे बैठे राम का हर्षोल्लास से अभिवादन करते हैं। राम भी हर्षोल्लास से भर उठते हैं, वे जानते हैं, ये उनके बचपन के सखा हैं, उनके

पिताजी के शिष्य भी हैं, जिन्होंने इन्हें गायत्री मंत्र, हवन, पूजन, यज्ञ सब सिखाया है।

राम जानते हैं, उन्हें अपने इन बाल सखाओं की प्रतीक्षा करनी होगी, क्योंकि उन्हें नाव रिक्त कर मछलियाँ घरों तक ले जानी हैं, वे उन्हें प्रातः आश्रम में आने का कहकर तट से उठकर जमदग्नि के बनाए आश्रम में वापस आ जाते हैं।

राम के आगमन से उत्साहित युवा मछुआरे अपने परिवारों में रात बिताकर सुबह-सुबह आश्रम में आ जाते हैं, जहाँ राम उनकी प्रतीक्षा कर रहे हैं।

राम मित्रमंडली के साथ भूमि पर ही बैठना चाहते हैं, किंतु उनके मित्र चाहते हैं कि वे थोड़ा ऊँचाई पर बैठें, ताकि सभी को ठीक से दिखाई दें। राम प्रतिरोध करते हैं, पर मित्र मानते नहीं, सो अंततः राम एक ऊँची चौकी पर बैठ जाते हैं। आपसी कुशल-क्षेम के साथ पुरानी स्मृतियाँ ताजा होती हैं। राम ब्रह्मचारी हैं, किंतु उनके बाल सखाओं के विवाह हो चुके हैं, कुछ पिता भी बन चुके हैं।

"राम, राजा का अत्याचार बढ़ता जा रहा है।" उनके मित्र सूचना देते हैं।

"वह कैसे?"

"राज कर्मचारियों ने मत्स्याखेट पर राज्य कर पहले से चार गुना कर दिया है।"

"वह क्यों?"

"वे कहते हैं, सम्राट् को विशाल सैन्य बल रखने के लिए ऐसा करना आवश्यक है।"

"प्रश्न करने की भी स्वतंत्रता नहीं है अब तो।"

"ऐसा क्यों कह रहे हो?"

"सत्य कह रहा हूँ, देखिए मेरी पीठ।" वक्ता ने अपनी पीठ से वस्त्र हटाए तो कोड़ों की मार के गहरे लाल-नीले प्रमाण स्वयं अत्याचार के साक्ष्य दे रहे थे।

"क्यों सह रहे हैं आप यह अन्याय?" राम ने पूछा।

"हमारे सामने विकल्प क्या है?"

"प्रतिरोध कीजिए आप, अन्याय का प्रतिकार कीजिए।"

"हम साधारण प्रजाजन हैं, राजा से कैसे लड़ सकते हैं?"

"क्यों नहीं लड़ सकते? राजा ईश्वर नहीं है, वह आपके दिए कर से पलता

है, आपकी कुशल-क्षेम उसका दायित्व है। यदि वह अपना कर्तव्य नहीं पालता तो वह दस्यु है, वध के योग्य है।"

"नहीं, हम में इतना सामर्थ्य नहीं, न साहस है।"

"आपमें समुद्र को जीतने का सामर्थ्य है, तूफान से जूझने का साहस है, अपनी शक्ति को पहचानिए आप।"

"आपकी जो भुजाएँ इतनी भारी पतवारों को उठा सकने में सक्षम हैं, वही जिस दिन तलवारें उठा लेंगी, यह अन्याय उसी दिन अंतिम साँस लेगा।"

"नहीं-नहीं, हमें युद्धकला नहीं आती, हम तो नाव खेना और मछली मारना जानते हैं।"

"युद्ध कला तो यहीं आश्रम में सिखाई जाती है, आप सीखें और अपनी रक्षा स्वयं करें।"

"हम शूद्र हैं, युद्ध कला हमारा कर्तव्य नहीं, हमारा धर्म तो सेवा करना है, हम युद्ध करेंगे तो पाप के भागी होंगे।"

"कौन से वेद में लिखा है कि शूद्र युद्ध नहीं कर सकते।"

राम अब तमतमा उठे थे, "अन्याय करना ही नहीं, अन्याय सहना भी अपराध है।"

"प्रकृति ने प्रतिरक्षा का गुण प्रत्येक प्राणी को दिया है, सूक्ष्म कीट से लेकर विशाल हाथियों तक को, यहाँ तक कि वनस्पतियों तक को। उठो, जागो, अन्याय का प्रतिरोध करो।" उनकी धीर-गंभीर वाणी वातावरण में एक नई ऊर्जा भर रही थी। मछुआरों के निर्मल हृदयों में एक नया संकल्प प्रदीप्त हो रहा था, एक जिज्ञासा नाविकों के मुखिया के मन में उठी, "यदि हम विद्रोह करेंगे तो प्राणों का भय है।"

"नित्य अन्याय सहना क्या मृत्यु से कम है।" राम ने उत्तर दिया।

"हाँ, यह तो सत्य है।"

एक और शंका उठी, "हम विद्रोह करेंगे तो क्या शेष समाज हमारे विरुद्ध प्रतिक्रिया नहीं करेगा? शूद्रों का शस्त्र धारण कर उन्हें शेष समाज के वैमनस्य का आहार नहीं बना देगा।"

"हम भार्गव वर्णाश्रम को मानते हैं, वर्ण-व्यवस्था को नहीं, वर्ण-व्यवस्था

आपके पूर्वजों का चयन है, आपकी विवशता नहीं, प्रत्येक मनुष्य उषाकाल से सूर्यास्त तक ब्राह्मण, क्षत्रिय, वैश्य, शूद्र इन चारों भूमिकाओं का निर्वहन करता है।"

"वह कैसे, कृपया स्पष्ट बताएँ।" एक नाविक और गहरे में उतरने का इच्छुक था।

"जब आप स्नान, प्रार्थना, पूजन, अध्ययन, मनन, ध्यान, पठन-पाठन करते हैं, तब ब्राह्मण हैं, जब आप निर्बल को बल, भय को अभय देते हैं, तब क्षत्रिय हैं, जब समृद्धि और वृद्धि का कार्य करते हैं, तब वैश्य हैं, जब आप मत्स्याखेट, कृषि कर्म, पशुपालन, उत्खनन, वस्तु उत्पादन, सेवा शुश्रूषा करते हैं, तब आप शूद्र हैं," राम ने अपना एक हाथ का पंजा सामने दिखाते हुए कहा, "जैसे हाथ की सभी उँगलियाँ एक-दूसरे की पूरक हैं, ऐसे ही चारों वर्ण एक-दूसरे पर आश्रित हैं, तब कौन उच्च और कौन निम्न?"

उनकी बातों का असर इन युवा नाविकों पर हो रहा है और उनके हृदय में साहस का ज्वार उठ खड़ा हुआ है।

राम प्रत्येक अंचल में त्रस्त प्रजा को संबल देते हुए संघर्ष के लिए संगठित करते जाते हैं, उधर माहिष्मती मदमस्त ही नहीं, बेसुध भी है, प्रजा के हृदय में प्रज्वलित विद्रोह की अग्नि का उसे कोई अनुमान नहीं।

□

युद्ध उद्‌घोष से पहले

राम अपने बड़े भाइयों रुमणवत, सुषेण, वसु, विश्वावसु तथा अपने शिष्य अकृतवृण और विश्वसनीय साथियों के साथ मंत्रणा कर रहे हैं। आखिर वे पृथ्वी के सबसे शक्तिशाली साम्राज्य के महाप्रतापी सम्राट् का सामना करने जा रहे हैं।

विश्वावसु रणनीति बनाने में निपुण हैं, उन्होंने अपना आकलन बताया कि "युद्ध की स्थिति में विदर्भ, मिथिला, निषध, मगध, वीतिक्षेत्र, मणिकरणावत, कान्यकुब्ज, सौराष्ट्र, महाराष्ट्र, गुर्जर, कलिंग के शासक हैहयराज का साथ देंगे, जबकि कश्मीर, ताम्रलिप्ति, बंग, अंग, रक्षोवाए, भार्गवों के साथ रहेंगे। कुंति, क्षुद्रक, मालव, विदेह प्रथम चरण में शांत रहेंगे, बाद में विजेता के साथ खड़े होंगे और उसकी जीत में सहायता करेंगे।"

शेष सभी उनके अनुमान से सहमत थे, अब राम ने सबसे बड़े भाई से भार्गवों के बल-कौशल का आकलन पूछा।

रुमणवत ज्येष्ठ होने से पिता के साथ आश्रम के संचालन का दायित्व सँभालते थे। उन्होंने बताया कि आश्रम में अध्ययनरत दस सहस्र विद्यार्थियों में से प्रतिवर्ष दो हजार विद्यार्थी शस्त्र विद्या में भी निपुण होकर अपने घरों में लौट जाते हैं, पिछले पाँच वर्षों में इस प्रकार दस सहस्र विद्यार्थी प्रशिक्षित किए जा चुके हैं, वे अपने ग्रामों में कृषि कार्य या अन्य शास्त्रोक्त कार्यों में संलग्न हैं, किंतु उन्हें दी गई शिक्षा अनुसार वे अपने-अपने कार्य क्षेत्र में असंख्य युवाओं को सैनिक शिक्षा देकर एक बड़ी जनसेना खड़ी कर चुके हैं, जो संघर्ष के समय सम्राट् को चौंका देगी, जब वे किसानों और पुजारियों, मछुआरों और व्यापारियों के युद्ध-कौशल

को देखेंगे तो चकरा जाएँगे, राजकर्मचारियों और सामंतों के अत्याचारों से त्रस्त इस जन-प्रतिरोध की उन्हें कल्पना भी नहीं है और ये जनसेना अपने स्वयं के संसाधनों से लड़ेगी, उन्हें हमसे केवल दिशा-निर्देश चाहिए, अन्य कुछ नहीं।"

मझले भैया सुषेण, जो सीमांतों से संवाद में थे, ने बताया, "जो राजा हैहयों का साथ देंगे, उनकी भी प्रजा हमारा साथ देने तैयार है, बस वे यह आश्वासन चाहते हैं कि हैहयों के नाश के बाद उन्हें भी अत्याचारी राजाओं से मुक्ति दिलाने में हम सहायता करें।"

सभी ने इस प्रस्ताव पर सिर हिलाकर सहमति दे दी, अब बारी 'वसु' की थी, जो गुप्त सूचनाओं की व्यवस्था देखते थे।

"हमें माहिष्मती के सैन्य मुख्यालय से लेकर राजमहल, अंतपुर शस्त्रागार और मंत्रियों के आवास की सारी सूचनाएँ बिना किसी बाधा के प्राप्त होंगी। पनिहारिनें नदी तटों की, दासियाँ आवासों की, भिक्षुक मार्गों की निगरानी करेंगे।"

अकृतवृण ने बताया कि हैहयों से प्रतिशोध लेने के इच्छुक नागवंशियों ने कुछ असंतुष्ट राज सारथियों को इस बात के लिए तैयार कर लिया है कि वे युद्धक्षेत्र में अस्त्र-शस्त्रों की आपूर्ति में यथासंभव शिथिलता से ही कार्य करेंगे, युद्ध के बाद उन्हें इसके लिए पुरस्कृत किया जाएगा।

इस प्रकार भार्गव साम, दाम, दंड, भेद—सभी विद्याओं से तैयार थे।

पिता को दिए वचन अनुसार वे पहले युद्ध टालने का प्रयास करेंगे, पर वे जानते हैं, सम्राट् का अहंकार और चाटुकार सलाहकार युद्ध से पीछे नहीं हटेंगे। ऐसी स्थिति में पहले खुला युद्ध होगा, उसमें अपनी जान बचाते हुए सम्राट् की सेना को ज्यादा-से-ज्यादा क्षति पहुँचानी है, क्रुद्ध सम्राट् तब प्रबल प्रहार करेंगे, जिसे पीछे हटते हुए शत्रु को खुले मैदानों की बजाय घाटियों में ले जाना है, जहाँ विशाल सैन्यबल रथ और हाथी किसी काम के नहीं रहते, "और हमारे वनवासी तीरंदाज पहले से धनुष-बाण लिये बैठे होंगे।"

यह भी तय हुआ कि वसु, सुषेण और प्रमावसु अलग-अलग क्षेत्रों में जाकर मैदानी तैयारियों को अपनी आँखों से जाँचेंगे। बड़े भैया आश्रम में उपलब्ध रहे, जबकि राम अपनी छोटी सी सेना लेकर माहिष्मती की ओर प्रस्थान करेंगे, अकृतवृण उनके साथ रहेंगे।

उधर माहिष्मती एकदम बेखबर थी, राजधानी के दैनिक आमोद-प्रमोद, राजकीय भोजों का आनंद लेते शासकों को न तो जमदग्नि की कोई परवाह थी, न उनके पुत्रों की, यहाँ तो हर दिन होली और हर रात दीवाली का सुख था। हैहयों का प्रताप अब नर्मदा की बहती जलधारा न रहकर किसी स्थिर जलाशय सा आत्मतुष्ट हो गया था।

हैहयराज के हृदय में अवश्य कुछ अनजानी आशंका हो रही थी, जिसे सबने रात्रि भर चलनेवाले नृत्य-उत्सवों की सहज थकान माना, उधर असंतोष का पानी सिर तक आ पहुँचा था और एक भीषण विद्रोह व्यवस्था के तटबंधों को लाँघने की तैयारी में था।

□

नर्मदा तीरे

माहिष्मती की ओर बढ़ते हुए राम को पवित्र नर्मदा नदी के दर्शन हुए। नाव से नदी पार करते हुए वे नर्मदा के तरल-सरल सौंदर्य को प्रणम्य भाव से नमन करते रहे, नर्मदा भृगुवंशियों के लिए मात्र जलधारा नहीं है, उनके पूर्वजों ने इसी नर्मदा तट पर घनघोर तपस्या की थी, यहीं उनके एक महान् पूर्वज ने अग्नि का आविष्कार किया था, उस वैदिक यज्ञ संस्था का शुभारंभ किया था, जो अब आर्यावर्त के प्रत्येक घर में अग्निहोत्र के रूप में जीवंत है, नाव किनारे लगी तो राम ने पुनः नर्मदा को नमन कर विजय का आशीर्वाद माँगा। माहिष्मती अभी दूर थी, इसलिए अश्वों पर बैठकर यह दल आगे बढ़ा, माहिष्मती के समीप पहुँचते-पहुँचते संध्या हो आई, एक आम्रकुंज में यात्री दल विश्राम के लिए उतर पड़ा, यहाँ स्थानीय ग्रामीणों ने सभी के भोजन की व्यवस्था जुटा रखी थी, आज की रात यहीं बिताकर कल माहिष्मती संदेश भेजा जाएगा, माहिष्मती सुन सके तो ठीक नहीं तो युद्धघोष होगा।

ब्रह्ममुहुर्त में उठकर यात्री दल ने स्नान-ध्यान किया, सूर्यास्त के बाद अकृतवृण राम का शांति प्रस्ताव लेकर माहिष्मती के लिए चल पड़े।

माहिष्मती पास ही था और अश्व रात भर विश्राम कर तरोताजा हो चुके थे, इसलिए अकृतवृण जब माहिष्मती पहुँचे तो सम्राट् दरबार में बस पधारे ही थे, यह प्रजादर्शन का समय था, इसलिए बिना किसी अवरोध के वे सम्राट् के समक्ष प्रस्तुत हो सके।

भव्य स्वर्ण सिंहासन पर सुदर्शन सम्राट् का गरिमापूर्ण व्यक्तित्व देखकर किशोर अकृतवृण देखते ही रहे गए। गौरवर्ण लंबा कद, विशाल वक्ष, सुगठित

शरीर, शीर्ष पर स्वर्ण मुकुट में दमकती मणियाँ, हीरा, पन्ना, लाल, माणिक आदि वनवासी अकृतवृण ने कभी देखे नहीं थे, आकर्षक रेशमी वस्त्र सम्राट् के राजसी वैभव में वृद्धि कर रहे थे। माणिक जड़ित स्वर्ण बाजूबंद भुजाओं की मछलियों को उभार रहे थे। गले में बहुमूल्य स्वर्णहार, कानों में कर्ण-कुंडल के अलावा सम्राट् के पाँव के पदत्राणों में भी हीरे लगे हुए थे।

चेहरे पर रोब, नुकीली मूँछें, रक्तिम नेत्र, आत्मविश्वास से सजा हुआ मुखमंडल, ओठों पर मृदुहास्य, सबकुछ सम्मोहक।

सम्राट् की दृष्टि इतनी प्रभावशाली थी कि जिधर देख लें, उधर विजय हो जाए, किशोर अकृतवृण से सम्राट् की तेजस्वी दृष्टि मिली, गुरु के आशीर्वाद से अकृतवृण टिके रहे, उन्हें याद आया कि सम्राट् के सम्मोहन के बारे में तो बताया गया था। वे संयत हुए। उन्होंने बोलना प्रारंभ किया, "महाराज, मैं अकृतवृण अपने गुरु भृगुकुल भूषण श्रीराम का संदेश लेकर आया हूँ, आपकी अनुमति चाहता हूँ।"

सम्राट् ने आँखों ही आँखों में सहमति दे दी, "सम्राट् आप जैसे पराक्रमी के लिए अनीति का आश्रय लेना उचित नहीं है, आपके द्वारा कामधेनु के बलपूर्वक अपहरण से राजधर्म की मर्यादा भंग हुई है। आपको कामधेनु ससम्मान जमदग्नि ऋषि के आश्रम में लौटा देनी चाहिए। भृगुवंशी युद्ध के इच्छुक नहीं है, क्षमाशील जमदग्नि आपको भी क्षमा कर देंगे, अन्यथा आप मुझे युद्ध प्रदान करें।"

यह संदेश सुनकर सम्राट् का मुखमंडल क्रोध से लाल हो उठा, उनके नेत्रों से क्रोध की भीषण ज्वालाएँ निकलने लगीं।

अकृतवृण दूत होने से अवध्य न होते तो सम्राट् ने उन्हें तत्क्षण मृत्युदंड दे दिया होता।

सम्राट् के इंगित पर सेनापति वरेण्य प्रस्तुत हुए, सम्राट् ने क्रोधोन्मत्त स्वर में आदेश दिया, "वरेण्य, आप इस बालक को ले जाकर उस उद्दंड राम को रस्सों से बाँधकर मेरे समक्ष प्रस्तुत करें, जो स्वयं मृत्यु का ग्रास बनने का दुस्साहस दिखा रहा है।"

□

प्रथम पराजय

सेनापति तत्काल एक सैन्य टुकड़ी लेकर अकृतवृण के साथ उस आम्रकुंज में पहुँचे, जहाँ राम युद्ध के लिए सुसज्जित हो चुके थे, क्योंकि तेज गति से दौड़ते एक अश्वारोही ने राजदरबार की घटना पहले ही उन्हें बता दी थी। सैन्य दल ने अकेले खड़े राम को चारों ओर से घेर लिया। सेनापति वरेण्य से राम ने पूछा, "मैंने युद्ध तो सम्राट् से माँगा था, आपसे नहीं आप तो आदेश पालक हैं आप जाइए।" परशु पर उनकी उँगलियाँ कस गईं।

क्रोधित वरेण्य ने उत्तर दिया, "मैं तुम्हें रस्से में बाँधकर सम्राट् की सेवा में प्रस्तुत करूँगा।"

वरेण्य के इशारे पर सैनिकों ने रस्सा खोलना शुरू किया, इस बीच अकृतवृण चुपचाप अदृश्य हो लिये और राम ने अपने परशु की तीक्ष्ण धार से ऐसी तबाही मचा दी कि सैनिकों के नरमुंड भूमि पर लुढ़कने लगे, रही सही कसर आम के वृक्षों में ऊपर से निशाना साधे बैठे वनवासियों ने पूरी कर दी। सेनापति को अति आत्मविश्वास महँगा पड़ा, उनके पुत्र सहित अधिकांश सैनिक मारे गए, वे स्वयं बुरी तरह घायल हुए बदले में राम को भी कुछ घाव मिले, लेकिन वे प्राणघातक नहीं थे।

भीषण पराजय का यह समाचार जैसे ही माहिष्मती पहुँचा, राजधानी स्तब्ध हो गई। सेनापति सहित घायल सैनिकों की चिकित्सा प्रारंभ हुई और मृतक योद्धाओं के अंतिम संस्कार के धुएँ से उनके स्वजनों की करुण चीत्कारों से माहिष्मती का आकाश भर गया, माहिष्मती पिछली एक शताब्दी से पराजय को जानती ही नहीं थी, महाराज कृतवीर्य और फिर उनके पुत्र वर्तमान सम्राट्

कार्तवीर्य अर्जुन के जीवनकाल में हैहयों ने सर्वत्र-सदैव विजय ही अर्जित की थी। आश्चर्य, क्षोभ और शोक राजधानी के आकाश में चमगादड़ों की तरह मँडराने लगा, राजधानी अनिष्ट की आशंका से सहम गई, माहिष्मती को अविश्वसनीय सत्य का सामना करते न बना, असावधानी और अति आत्मविश्वास में मिली पराजय। भृगुवंशियों के देवी चमत्कार का किस्सा बनकर घर-घर फैल गई।

सम्राट् सत्य समझ गए, प्रमुख अमात्यों और सैन्य प्रमुखों के साथ बैठक कर उन्होंने राम और उनके सहयोगियों को कुचल डालने की आज्ञा दी। सेनापति वरेण्य स्वास्थ्य लाभ लेने की बजाय प्रतिशोध लेने के लिए व्याकुल थे, इसलिए दो सहस्त्र सैनिकों के साथ उन्होंने राम की ओर प्रस्थान किया। राम का सूचना-तंत्र उन्हें पल-पल की सूचना दे रहा था। राम ने पूर्व योजना अनुसार ही आम्रकुंज से पीछे हटते हुए वापस नर्मदा तट की ओर अपने अश्व मोड़ दिए।

□

सर्वनाश का जाल

माहिष्मती की सेना को आम्रकुंज में बुझे हुए कामचलाऊ चूल्हों की राख के अतिरिक्त कुछ न मिला, राजसी गुप्तचरों ने नर्मदा तट की ओर इंगित किया, अब राम का छोटा सा घुड़सवारों का दल आगे-आगे और पीछे-पीछे हैहयों की दो सहस्र सेना के अश्वारोही और रथी योद्धा।

राम की सेना के पलायन से सम्राट् की सेना जोश में आ गई और तेजी से आगे बढ़ने लगी, रास्ते में एक घाटी पड़ने से उनकी गति कम हुई। सँकरी घाटी में एक साथ चार घुड़सवार ही जा सकते थे, इसलिए सेनानायकों ने सेना को रोककर चार-चार की पंक्ति में व्यवस्थित किया।

अब वे पुन: आगे बढ़ने लगे, जैसे ही उस सँकरे मार्ग में संपूर्ण सैन्य बल प्रवेश कर गया, उन पर आगे पीछे, दाएँ-बाएँ की ऊँची पहाड़ियों से तीरों की बौछार शुरू हो गई, आक्रमण की व्यूह-रचना इतनी सटीक थी कि हैहय योद्धा चारों ओर से घिर गए थे और आहत हो रहे थे, भगदड़ में उनके अश्व उनके ही पैदल सैनिकों पर चढ़ बैठे, सेनापति ने ऊपर से हो रहे हमलों से बचने नीचे खाई में ठहरने के निर्देश दिए, जहाँ कुछ प्राण रक्षा संभव थी, पर उस दिन सेनापति के कुल देवता ही क्रुद्ध रहे होंगे, खाई में उतरते ही ऊपर पहाड़ी से शिलाखंड बरसने शुरू हुए, सेनापति समेत अधिकांश सेना यहीं मारी गई, मुट्ठी भर सैनिक बचे, जो इस भयानक घटना की सूचना लेकर गिरते-पड़ते माहिष्मती लौटे। विजयी परशुराम अपने साथियों के साथ नर्मदा पार कर आश्रम में लौट आए।

उन्हें अच्छे से अनुमान था कि अब अगला आक्रमण माहिष्मती की ओर से नहीं होगा, यह भी कि आज के युद्ध से सम्राट् और उनके सहयोगी पूर्णत:

जाग्रत् और चैतन्य हो जाएँगे। वे अगला आक्रमण अत्यंत सूझ-बूझ और अचूक रणनीति से करेंगे, अब कोई विजय इतनी शीघ्र और सरल नहीं होगी, उन्हें सम्राट् की सामर्थ्य में कोई संदेह नहीं था, उधर सम्राट् को भी शत्रु की सैनिक समझ पर कोई संदेह नहीं रहा, वे स्वयं और उनके सलाहकार जिस घटना को साधारण प्रशासनिक चूक मान रहे थे, वह शुद्ध सैनिक मामला था। युद्ध प्रारंभ हो चुका था, बिना घोषणा के।

राजमहल के मंत्रणा कक्ष में सम्राट् अपने मंत्रियों और सैन्य विशेषज्ञों से मंत्रणा कर रहे हैं, अब तक उनके पूर्वानुमान सही साबित नहीं हुए, सत्य तो यह है कि उन्होंने कोई पूर्वानुमान किया ही नहीं। शत्रु को नगण्य मानकर सेनापति को गँवाया जा चुका है, नए सेनापति सर्तक हैं, पर उन्हें युद्ध का कोई अनुभव नहीं है, सच तो यह है कि लंबे समय से हैहयों की सेना से लड़ने का किसी का साहस ही नहीं हुआ, कई दश्कों के बाद यह पहला युद्ध है, जिसका वे सामना कर रहे हैं, सैनिकों और सेनानायक, दोनों को भव्य समारोहों का अभ्यास है या अन्य सैन्येतर कार्यों का।

युद्ध लड़ना तो वे भूल चुके हैं, उनके शस्त्रागार भी पुराने शस्त्रों का भंडार हैं, किंतु इन तथ्यों की चर्चा ही कौन करे, क्यों करे, क्या सम्राट् खुद अवगत नहीं हैं कि अधिकांश सेना योग्यता के आधार पर नहीं, वंशानुगत आधार पर चलकर अपनी युद्ध-क्षमता गँवा चुकी है।

सम्राट् ने तय किया कि अब अगला आक्रमण माहिष्मती से न करके मालवा की ओर से किया जाए, अवंतिराज की सहायता के लिए सौराष्ट्र और आनर्त को उनकी सेनाओं सहित बुलाया जाए। तीन राजाओं की सेनाएँ संयुक्त आक्रमण कर विद्रोही राम और उसके साथियों को समूल नष्ट करें। यदि वे इस ओर भागें तो माहिष्मती की सेनाएँ तैयार रहें।

मंत्रणा के बाद संदेशवाहकों ने अवंति के लिए प्रस्थान किया, तीन दिन में सकुशल अवंति पहुँचे, उसके पहले ही संपूर्ण योजना का विवरण जमदग्नि आश्रम पहुँच चुका था, जो अब अवंतिराज के आक्रमण का स्वागत करने की तैयारी में जुट गया था।

अवंति में सम्राट् के संदेश-वाहकों का सत्कार हुआ, यद्यपि अवंतिराज को यह दायित्व लेकर प्रसन्नता नहीं हुई, पर वे अपने चक्रवर्ती अधिनायक का आदेश टाल पाने की स्थिति में नहीं थे। उन्होंने आक्रमण की तैयारी प्रारंभ की। संदेशवाहक सौराष्ट्र और आनर्त की दिशा में बढ़ चले।

□

अग्निवर्षा के हिंगोट

अवंति की सेनाएँ पूरी तैयारी के साथ मालवा के पठार को पार करते हुए निमाड़ की ओर निकली है। मालवा के बाहर आते ही लू-लपट के थपेड़े और आग उगलते सूरज ने सेना को युद्ध से पहले ही पस्त कर दिया है, मालवा के मनमोहक मौसम के आदी सैनिकों को निमाड़ की उजाड़ चट्टानों की भट्ठी में भुनते हुए यह समझ नहीं आ रहा कि बिना मौसम का यह युद्ध अचानक क्यों लड़ा जा रहा है। प्रस्थान करती हुई सेना के सामने सबसे बड़ा संकट पेयजल का है और भोजन का भी पग-पग रोटी, डग-डग नीर से संपन्न सुखद देश से वे अचानक घूँट भर पानी के लिए तरसनेवाले पथिक बन गए हैं।

किंतु वे सैनिक हैं, राजा के आदेश पर युद्ध लड़ना अपना कर्तव्य मान वे आगे बढ़ते जा रहे हैं। दिन का सूरज तो बहुत निर्दयी है, लेकिन रात कुछ राहत देती है, ऐसी ही एक रात में अवंतिराज और उनकी सेना ने नदी देखकर किनारे पर अपने डेरे गाड़ दिए, भोजन बनना प्रारंभ हुआ, दिन भर के थके-माँदे सैनिक भोजन मिलते ही टूट पड़े। उन्होंने आधा भोजन किया होगा कि आकाश से, जैसे जलती हुई उल्काएँ टूट-टूटकर गिरने लगीं। उनके वस्त्रों, साज-सामान, तंबुओं सब ओर आग-ही-आग सुलग उठी, कुछ देर बाद उन्हें समझ आया कि यह दैवी आपदा नहीं थी, बल्कि हिंगोट का हमला था, जो तीन तरफ से किया गया था, उन्होंने अपने अस्त्र-शस्त्र उठाए और जिस ओर से ये जलते हुए हिंगोट आ रहे थे, उस ओर अनुमान से तीर चलाए, जिनका पता नहीं कितना असर हुआ, पर अवंतिराज की सेना आगे युद्ध के योग्य न रहीं, अब उन्होंने वापस लौटना शुरू किया, पर यह भी आसान न था, रोज उन पर छापामार हमले होते। अवंति

के वीर बहादुरी से लड़े पर परिस्थितिवश पराजित ही हुए।

सौराष्ट्र की सेनाएँ चलीं, पर समय पर उन्हें सहारा न दे सकीं, उधर राम और उनके सहयोगियों ने विद्युतगति से सौराष्ट्र पहुँचकर वहाँ आक्रमण किया है और सौराष्ट्र अगले छह-सात दिन में घुटने टेक देगा, यह जानकर सम्राट् ने माहिष्मती की रक्षा के लिए आवश्यक दल छोड़कर अपने पुत्रों के नेतृत्व में अपनी प्रबल सेनाएँ सौराष्ट्र के लिए भेज दीं।

सौराष्ट्र के यदुवंशी हैहयों के विरुद्ध उठ खड़े हुए थे। भार्गवों के सहयोग से राज्यच्युत नागवंशियों, शार्यातों, वरुण पुत्र मछुआरों ने मिलकर प्रबल जनप्रतिरोध खड़ा कर दिया था, जिसका दमन सौराष्ट्र अपने बलबूते नहीं कर सकता था। उसके श्रेष्ठ योद्धा तो सम्राट् के आदेश पर सेना सहित अवंति के रास्ते में थे।

जमदग्नि राम के नेतृत्व में यदुवंशियों ने सौराष्ट्र में हैहयों को परास्त कर दिया, सम्राट् को पूरे साम्राज्य से जनविद्रोह की सूचनाएँ आ रही थीं। वे आश्चर्य में थे, सदमे में भी, ऐसा कैसे हो सकता है, जो प्रजा उन्हें जीवित देवता की तरह सम्मान देती आई है, वह अचानक राजद्रोही कैसे हो गई, उन्हें पता ही नहीं था कि उनके अन्यायी पुत्रों की विलासिता प्रजा पर कैसे भारी पड़ रही थी। राज्य जब स्वयं अराजक हो जाए तो प्रजा का साँस लेना भी कठिन हो जाता है।

□

राजधानी में युद्ध

माहिष्मती की सेनाओं ने जैसे ही सौराष्ट्र के लिए प्रयाण किया, राम वरिष्ठ यदुओं को दायित्व सौंप विद्युत् गति से माहिष्मती की ओर चले। गुरुकुल में प्रशिक्षित पाँच हजार युवा सैनिकों की अग्नि-परीक्षा की घड़ी आ गई थी, रात के अंतिम प्रहर में माहिष्मती के द्वारपालों को मृत्यु के घाट उतारकर भृगुवंशियों की आक्रामक सेना माहिष्मती में घुस गई। प्रारंभिक क्षति उठाने के बाद हैहयों ने जमकर मुकाबला किया। भृगुवंशियों को एक-एक कदम बढ़ाने में भी पसीना आने लगा, किले की दीवारों पर तैनात रक्षक पूरी बहादुरी से जूझ रहे थे। आक्रामकों को अब कठिनाई हो रही थी, उधर अँधेरे के आवरण को फाड़कर सूर्य की किरणें पृथ्वी पर उतरने लगी थीं, तभी राजकीय शस्त्रागार में प्रबल विस्फोट हुआ और अग्नि की भयानक ज्वालाएँ आकाश छूने लगीं। दुर्गरक्षकों को समझ नहीं आया कि यह कैसे हुआ, लेकिन वे समझ गए कि आज का दिन सरलता से नहीं बीतेगा।

विस्फोट इतना तेज था कि सारी माहिष्मती ने सुना। सम्राट् भी चौंककर उठ खड़े हुए, नगर पर आक्रमण के बाद भी किसी ने उन्हें उठाया नहीं था, वे निद्रा के वशीभूत थे। उन्होंने नेत्र खोले, शयनकक्ष का द्वार खोलकर वे गवाक्ष में गए तो उन्हें शस्त्रागार से लपकती भीषण ज्वालाएँ दिखाई दीं। वे समझ गए कि यह शत्रु का आक्रमण है। जमदग्नि का बेटा माहिष्मती पर चढ़ आया था। उन्हें दूर तक धुआँ, लपटें और कोलाहल ही सुनाई दे रहा था।

माहिष्मती के रक्षक प्राणपण से लड़े, पर विफल रहे। राम की युवासेना के सामने माहिष्मती की वृद्ध सेना कैसे टिकती।

स्वयं सम्राट् अपने गौरवशाली अतीत की छाया भर रह गए थे। अभी-अभी उनका पच्चीसवाँ जन्मदिन समारोह मनाया गया था, जबकि प्रतिद्वंद्वी राम तो अभी पच्चीस के भी नहीं हैं, पर सम्राट् तो सम्राट् है। वे वापस अपने कक्ष में गए। सेवकों, सेनापति, अमात्यों, राजपुरोहित सबको आपात बैठक के लिए सूचना दी, स्वयं तैयार हुए, इष्टदेव की आराधना की।

मंत्रणा कक्ष में उन्होंने धैर्यपूर्वक सबको सुना। शत्रु ने विद्युत् गति से आक्रमण किया, ऐसे समय किया, जब प्रमुख सैन्य बल सौराष्ट्र जा चुका है, मात्र नगर रक्षक और दुर्गरक्षक ही शेष हैं। शस्त्रागार नष्ट हो चुका है।

नगर के बाहर तैनात गुप्तचरों ने सूचना दी है कि चींटियों की अनंत पंक्ति के समान शत्रु के योद्धा सभी दिशाओं से माहिष्मती की ओर चले आ रहे हैं, उनकी ठीक-ठीक संख्या का अनुमान कठिन है, किंतु वे दस सहस्र तक हो सकते हैं। नगर के आंतरिक गुप्तचरों ने बताया कि राजधानी में दहशत और व्याकुलता है, किंतु नागरिकों का समर्थन आक्रामकों की ओर है, राजकर्मचारियों की ओर नहीं है।

स्थानीय लोग आक्रामकों को भोजन-पानी, मार्गदर्शन दे रहे हैं और राजकर्मचारियों को बाधा पहुँचा रहे हैं।

अमात्य और प्रधान सेनापति ने राजपरिवार की सुरक्षा के लिए महाराज को प्रमुख महारानियों सहित सुरक्षित गुप्त स्थान पर जाने की सलाह दी, ताकि बाहरी सहायता आने तक उन्हें खतरा न हो।

राजपुरोहित ने भी अगले चौबीस घंटे तनावपूर्ण और विशेष सावधानी के बताए।

सबको सुनने के बाद सम्राट् ने निर्णय दिया, "मैं उस दीन-हीन ऋषि पुत्र से डरकर किसी गुप्त स्थान पर नहीं जाऊँगा। मैं योद्धा हूँ, मुझे अपनी भुजाओं पर पूर्ण विश्वास है, भगवान् दत्तात्रेय के वरदान से मैं अजेय हूँ, मैं अकेला ही शत्रुओं का संहार करने में सक्षम हूँ, आप युद्ध की तैयारी करें, इन तपस्वियों की मृत्यु ही इन्हें यहाँ लेकर आई है, हमारा शस्त्रागार जला है, मनोबल नहीं, पुनः शस्त्र बनाना प्रारंभ करें।"

प्रधान सेनापति ने अधीनस्थ राजाओं को सेना लेकर माहिष्मती आने के

संदेश भेजने चाहे, जिसे सम्राट् ने मान लिया।

युद्ध के लिए सुसज्जित होते सम्राट् को महारानी मनोरमा ने परामर्श दिया, "स्वामी, एक गाय के पीछे इतना रक्तपात, आप वह गाय ऋषि के आश्रम में वापस भेजकर युद्ध-विराम कर सकते हैं।"

सम्राट् सहमत नहीं हुए, झुकना उनके स्वभाव में नहीं था।

□

माहिष्मती का महायुद्ध

सम्राट् स्वयं सेना का नेतृत्व करेंगे, यह सूचना मिलते ही हैहयवीरों में जैसे उत्साह की नई तरंग दौड़ गई, उनका मनोबल आसमान छूने लगा, उनमें से ज्यादातर ने अपने पिताओं और दादाओं से सम्राट् की अपूर्व वीरता के किस्से सुने थे, कैसे उन्होंने राक्षसराज रावण को बंदी बना लिया था। दुर्जयी कार्कोट के नागों को धूल-धूसरित कर दिया था। सबके अपने-अपने संस्मरण थे। वहीं विश्व विजेता सम्राट् कार्तवीर्य अर्जुन, आज स्वयं नेतृत्व करेंगे, इसे ज्यादा सम्मान की बात क्या हो सकती है।

जो हैहय योद्धा अभी तक आधे-अधूरे मन से आक्रमण को रोक रहे थे, अब उत्साह में भरकर उन्होंने प्रति-आक्रमण किया, अब वे रक्षात्मक नहीं थे, स्वयं आक्रामक थे, अब उनके तीर लक्ष्य पर जाने लगे और राम की सेना के पाँव उखड़ने लगे, पीछे हटती भार्गव सेना अब रक्षात्मक होने लगी, यदि नागरिकों का समर्थन नहीं होता तो वे समूल नष्ट हो जाते। नागरिकों को सम्राट् से अब भी प्रेम था, आखिर वह उनका गौरव था, किंतु सम्राट् के अयोग्य और अन्यायी पुत्रों से न सम्मान सुरक्षित है न संपत्ति, न संतानें, इसलिए अब सम्राट् को भी तिलांजलि देने को विवश थी। युद्धरत पक्षों के बीच में फँसकर बहुत से नागरिक हताहत हो रहे थे, इससे दोनों ही पक्ष दु:खी थे, पर युद्ध के बीच कोई उपाय नहीं था, सूरज डूबते-डूबते भार्गव योद्धा पीछे हट गए। हैहयों ने भी उनका पीछा नहीं किया, बस अपनी किलेबंदी मजबूत की।"

रात्रि में दोनों पक्ष शांत रहे, सुबह-सुबह दुर्गरक्षकों ने देखा, श्वेत ध्वज उठाए हुए एक स्वस्थ सुदर्शन किशोर द्वार की ओर आ रहा है। परंपरानुसार

उसकी जाँच कर उसे किले के अंदर आने दिया गया, यह अकृतवृण थे, राम के शिष्य और संदेशवाहक दूत, उन्हें सेनापति के पास ले जाया गया। जहाँ उन्होंने सम्राट् के नाम राम का संदेश पढ़ा, "सम्राट् वर्तमान युद्ध में नागरिक व्यर्थ मारे जा रहे हैं, हमारा प्रस्ताव है, आप हमें नगर के बाहर खुली रणभूमि में युद्ध प्रदान करें तो नागरिकों की रक्षा हो सकती है।"

पिछले कुछ दशकों की शांति को छोड़ सम्राट् का सारा जीवन युद्धों में ही बीता था, उन्हें क्या आपत्ति हो सकती थी, प्रस्ताव स्वीकार हुआ और अकृतवृण अपने शिविर में लौट आए, जो उसी आम्रकुंज में था, जहाँ पिछली बार हैहयों की पराजय हुई थी, उस दिन दोनों पक्षों की सहमति से शांति रही, दोनों ने अपनी-अपनी तैयारियों को अंतिम रूप दिया।

अगले दिन हैहयों की बलवान सेना किले से बाहर निकलकर भार्गवों पर टूट पड़ी, स्वयं सम्राट् उसका नेतृत्व कर रहे थे। योद्धा-से-योद्धा, तलवार-से-तलवार, गदा-से-गदा टकराने लगी, भाले शत्रुओं का रक्त पीने लगे। अश्वारोही, पदाति और रथी एक-दूसरे से जूझने लगे, कई घंटों के संघर्ष के बाद भी जय-पराजय स्पष्ट न हुई, कहीं हैहय भारी पड़ रहे थे, कहीं भार्गव। हैहयों के पास अनुभव था, युद्ध का कौशल था, भार्गवों के पास यौवन की ऊर्जा थी, दुस्साहस था और सूझ-बूझ थी।

दृढ़ संकल्प, तेजस्वी राम की दृष्टि हैहयराज को खोज रही थी, उन्हें शेष हैहयों के संहार में कोई रुचि नहीं थी। कई घंटों के प्रयास के बाद, जब हैहयराज की रक्षा-पंक्ति छिन्न-भिन्न हुई, तब अश्वारोही परशुराम ने मदमस्त गजराज पर स्वर्णछत्र धारण किए हैहयराज को देखा। हैहयराज ने भी पल भर में जान लिया कि उनका असली शत्रु कौन है, दोनों ही योद्धा विकल होकर भूमि पर उतर आए। श्रेष्ठ धनुर्धर सम्राट् ने सैकड़ों बाणों से राम को जैसे पिंजरे में बाँध लिया। राम ने विचलित हुए बिना उन असंख्य बाणों को अपने आग्नेयास्त्र से नष्ट कर दिया। युद्ध निपुण सम्राट् ने पार्जन्यास्त्र चलाकर आग्नेयास्त्र से उपजी अग्निशिखाओं को ठंडा कर दिया।

क्रुद्ध राम ने अब वायव्यास्त्र चलाकर पार्जन्यास्त्र को विफल कर दिया। इससे चिढ़कर हैहयराज ने पर्वतास्त्र को धनुष पर रखा और प्रत्यंचा को कान तक

खींचा, जिससे असंख्य पर्वतों की वर्षा में भार्गव पिस जाते, तब चपलता से राम ने वज्रास्त्र चलाकर पर्वतास्त्र को चलने से पहले ही दो टूक कर दिया।

सम्राट् ने अब भयंकर संहारक पाशुपत अस्त्र निकाला तो राम ने उसे नारायण अस्त्र से विफल कर दिया।

अब राम ने आक्रमण प्रारंभ किया, किंतु कोई सफलता न दिखी, उनके हर शस्त्र को हैहयराज ने उसी कुशलता से काट दिया, जैसे कुशल गृहणी हरी सब्जियाँ काटती है।

कई घंटों के युद्ध के बाद भी जय-पराजय का कोई चिह्न न था, दोनों योद्धा पूरे मनोयोग से लड़ रहे थे; तभी भार्गव राम की दृष्टि सम्राट् के खाली तूणीर पर पड़ी। उन्होंने शर-संधान करके उनके हाथ की भयानक गदा को नष्ट कर दिया, अब सम्राट् के हाथ में तलवार ही शेष थी।

ऋषिपुत्र अपना परशु लेकर उसके पास पहुँचे। सम्राट् ने तलवार का भरपूर प्रहार किया, जो परशु पर ही झेलकर विद्युत् गति से पाद प्रहार कर सम्राट् को पृथ्वी पर गिरा दिया, गिरते-गिरते सम्राट् ने पाया कि परशु का तेज प्रहार उनकी भुजा को काटते हुए गरदन के पास तक आ गया है, उन्होंने सँभालने की कोशिश की, किंतु गिर गए और पलक झपकते परशु प्रहार ने उन्हें वीरगति दे दी। सम्राट् की मृत्यु होते ही हैहयसेना में हाहाकार मच गया। कामधेनु वापस लेकर विजयी सेना लौट गई।

□

विजेता का प्रायश्चित्त

जमदग्नि आश्रम में विजयी परशुराम का सभी आश्रमवासियों ने अभिनंदन किया। कामधेनु को भी नहला-धुलाकर उसका पूजन हुआ। आश्रम में उत्सव सा वातावरण था, किंतु महर्षि इससे दूर अपनी कुटिया में ही थे, विजयी राम उनके दर्शनार्थ उनकी कुटिया में गए।

साष्टांग पृथ्वी पर लेटकर अपने प्रशस्त मस्तिष्क से पितृचरणों का स्पर्श किया, किंतु महर्षि जमदग्नि उत्साहित न हुए।

राम ने ऋषि के समीप बैठी माता रेणुका को भी साष्टांग नमन किया। माँ ने स्नेहपूर्वक उन्हें उठाकर अपने अंक में भर लिया। सिर पर हाथ फेरकर आशीष वचन कहे, फिर पास में ही बैठा लिया।

महर्षि सम्राट् के वध से प्रसन्न नहीं थे, उन्होंने शांत, लेकिन दृढ़ स्वरों में कहा, "वत्स, कार्तवीय का वध करने की आवश्यकता नहीं थी, उसे परास्त कर छोड़ देना था, उस महाप्रतापी सम्राट् के मरने से जो अव्यवस्था उत्पन्न होगी, उसका पाप तुम्हारे माथे आएगा।

"क्षमाशीलता ब्राह्मणों का आभूषण है, जैसे शौर्य क्षत्रियों का, सूझ-बूझ वैश्य का और विनयशीलता शूद्र का आभूषण है," वही जमदग्नि, जिन्होंने कभी साधारण विलंब पर पुत्रों को उनकी माँ का ही शीष काट लेने का आदेश दिया था, वे प्रायश्चित्त कर इतने क्षमाशील हो जाएँगे, कौन सोच सकता था। ज्वलंत अग्नि की तरह सदा क्रोधित रहनेवाले जमदग्नि, अब गंगा की पवित्र लहरों की भाँति शीतल हो चुके हैं, "तुमने क्षमाशीलता त्यागकर जो पाप किया है, उसका प्रायश्चित्त करना होगा।" विनम्र परशुराम पिता के सामने सहमति में शीश

झुकाकर युद्ध में लगे घावों की औषधि लेने वैधशाला में चले गए। वैद्यराज ने उनके घावों को साफ कर औषधीय लेप लगाया और एक सप्ताह पूर्ण विश्राम नियत किया।

अकृतवृण उनकी सेवा में रहे। माँ रेणुका भी नित्य उन्हें देखने आती रहीं, सभी अग्रज भी आश्रम में लौट आए थे, लंबे समय बाद पूरा परिवार एक साथ था। आश्रम के अपमान का बदला ले लिया गया था। भृगुओं के चेहरे पुनः तेजस्विता से प्रदीप्त होने लगे थे, संपूर्ण जंबूदीप में उनकी सम्मान शिखा आकाश छू रही थी।

स्वस्थ होकर राम पिता की सेवा में प्रस्तुत हुए।

ऋषि जमदग्नि ने पुत्र को समीप बैठाकर स्नेहपूर्ण किंतु गंभीर स्वर में कहा, "राम, अब तुम्हें अपने हाथों हुई हिंसा का प्रायश्चित्त करने पवित्र तीर्थों में जाकर क्षमा-प्रार्थना करना चाहिए।"

"आपकी आज्ञा का पालन होगा, पिताजी। मैं अकृतवृण के साथ आज ही प्रस्थान करूँगा।" विनम्रता से सिर झुकाए राम ने कहा।

राम की तीर्थ-यात्रा प्रारंभ हुई। सर्वप्रथम महाकाल वन में जाकर उन्होंने भूतभावन महाकाल के दर्शन किए, जो महाश्मशान में विराजमान थे। पवित्र क्षिप्रा में स्नान कर वे आगे बढ़े, मार्ग के अनेक पवित्र मंदिरों, आश्रमों में आनंद लेते हुए वे चित्रकूट की ओर बढ़े, चित्रकूट के सुरम्य वनों से बहकर निकली पवित्र मंदाकिनी नदी के पारदर्शी स्वच्छ जल में स्नान कर उनकी देह ही नहीं अंतरात्मा तक शीतल हो गई, यात्रा का श्रम और संघर्ष का मानसिक संताप मंदाकिनी की लहरें बहा ले गईं। राम की देह की प्रत्येक कोशिका एक नई ऊर्जा से दीप्त हो उठी, महर्षि अत्रि और सती अनसूईया के आश्रम की चट्टानों से झरती हुई जल की बूँदों में अध्यात्म की ऊर्जा के साथ वनों की जड़ी-बूटियों का रस भी होगा ही, इसलिए मंदाकिनी का स्पर्श तीर्थयात्री का ताप हर कर उन्हें नए प्राणों, नई शक्ति नए तेज से भर देता है। तेजस्वी परशुराम भी शिष्य सहित मंदाकिनी में पवित्र ही नहीं हुए, बल्कि एक नए शक्तिपात का अनुभव हुआ उन्हें। भगवान् कामतानाथ की परिक्रमा करते हुए वे सोच रहे थे कि पिता ने तीर्थयात्रा पर भेजकर उन्हें पुरस्कृत ही किया है।

दुर्गमता के बीच बसी रमणीक सुरम्यता का नाम है चित्रकूट। चट्टानों से रिसती हुई कोमल जलधाराएँ कैसे आपस में मिलकर मंद-मंद बहती हुई मंदाकिनी बन जाती हैं। सघन वनों में गगनचुंबी वृक्ष सूर्य को भी पृथ्वी पर हर कहीं उतरने की अनुमति नहीं देते, इसलिए प्रकाश रश्मियाँ भी वृक्ष की शाखाओं पर झूला झूलती रहती हैं। वनस्पतियों की सुगंध से भरी प्राणवायु शव को भी शिव सा स्पंदित कर सकती हैं। वन्य प्राणियों से भरा-पूरा चित्रकूट प्राकृतिक सौंदर्य की राजधानी है। विंध्यांचल का मुकुटमणि है चित्रकूट। गुप्त गोदावरी का रहस्य भरा सौंदर्य सम्मोहक है। पयस्विनी की शीतल लहरों की दूधिया धारा को प्रणाम कर तीर्थयात्री परशुराम ने भगवान् मत्त गजेंद्रनाथ का पूजन किया, जो स्वयं ब्रह्माजी के द्वारा सृष्टि के प्रारंभ में प्रथम शिवलिंग के रूप में प्रतिष्ठित किए गए थे। पवित्र कामथगिरि की परिक्रमा कर और सती अनसूईया के आश्रम में शीष नवाकर वे अयोध्या की ओर चल पड़े।

अयोध्या में पवित्र सरयु में स्नान कर वे प्रयाग गए।

पवित्र संगम में स्थान कर बाबा विश्वनाथ की नगरी काशी में भगवती अन्नपूर्णा सहित भगवान् शिव के दर्शन किए।

बनारस से देवभूमि हरिद्वार में प्रवेश कर संपूर्ण उत्तराखंड में दर्शन-पूजन कर वे दक्षिण भारत पहुँचे। विष्णुकांची, शिवकांची से महाबलिपुरम् के समुद्र तट तक सर्वत्र ध्यान-पूजन करते हुए वे पश्चिम भारत की ओर मुड़े।

वहाँ प्रमुख तीर्थों के दर्शन कर पूर्व की ओर, फिर मध्य की ओर लौटकर पुष्कर के पवित्र सरोवर में स्नान कर अपनी सुदीर्घ तीर्थयात्रा को पूर्ण कर वे नए पराक्रम से आवेष्टित होकर जमदग्नि आश्रम के लिए लौट रहे हैं।

□

विधवा माहिष्मती

अपने सम्राट् के निधन से माहिष्मती में हाहाकार मच गया है। माहिष्मती के हर कोने में दुःख, संताप, पीड़ा अनुभव की जा रही है।

जनमत पारे की तरह चंचल होता है, आक्रोश की जगह सहानुभूति, संवेदना ने ले ली है। हैहयों के वर्तमान कुशासन को भूलकर लोग सम्राट् के स्वर्णयुग को याद कर रहे हैं, जब युवा सम्राट् प्रजा-वत्सलता के लिए जाने जाते थे। सम्राट् की मृत्यु से उनके उत्तराधिकारियों का सत्ता-संघर्ष भी अब खुलकर सामने आ गया है।

सम्राट् के जीवनकाल में राजकुमारों की सत्ता आकांक्षा परदे के पीछे गुप्त षड्यंत्रों में दबी-छिपी रहती थी, अब कोई अनुशासन नहीं है, जो जितना साहस दिखाएगा, लाभ में रहेगा। सेनापति और अधिकांश मंत्री तो सम्राट् के साथ मारे जा चुके हैं, ऐसे में शेष बचे योद्धाओं तथा दरबारियों में खुली होड़ है, इन पदों के लिए, अजीब अफरा-तफरी का माहौल है, कौन किसके साथ है और कौन किसके विरुद्ध है, समझना कठिन है। हर घंटे नए-नए गठबंधन हो रहे हैं। हर कोई, हर किसी से, हर कुछ देने का वचन दे रहा है। हर कोई हर किसी से समर्थन माँग रहा है।

अराजकता टालने के लिए महारानी मनोरमा ने राजपुरोहित और शेष बचे योद्धाओं-मंत्रियों की एक प्रवर समिति बना दी है, जो नए सम्राट् के चयन तक व्यवस्था संचालित कर रही है।

पहला कार्य है, सम्राट् व अन्य योद्धाओं का विधि-विधान से अंतिम संस्कार करना। सम्राट् का रक्तरंजित शव युद्धभूमि से महल में लाया गया है। राजवैद्य ने

शव को ऐसा स्वरूप दे दिया है कि प्रजा अंतिम दर्शन कर सके, दरबार हॉल में दर्शनार्थियों की अनंत पंक्तियाँ अपने सम्राट् को अंतिम प्रणाम करने आई हैं। अन्य राज्यों के राजाओं, राजकुमारों, राजदूतों का भी ताँता लगा हुआ है, तीन दिन बाद शोकाकुल वातावरण में ज्येष्ठतम राजकुमार ने चंदन की चिता को मुखाग्नि दी तो आकाश सम्राट् की जय के जयकारों से गूँज उठा।

□

राम से परशुराम

सम्राट् की चिता की अग्नि बुझी न थी कि राजकुमारों के एक गुट ने जमदग्नि आश्रम पर आक्रमण कर महर्षि जमदग्नि की हत्या कर दी है, यह अशुभ समाचार आ पहुँचा, माहिष्मती को अब अगली चिताओं के लिए तैयार होना था। अदूरदर्शी राजकुमारों के इस अविवेकी प्रतिशोध ने भावी विनाश को आमंत्रित कर लिया था।

प्रतिहिंसा की आग में जलते राजकुमारों ने जब जमदग्नि आश्रम पर आक्रमण किया, तब आश्रम में महर्षि जमदग्नि उनकी पत्नी रेणुका और दो-चार सेवकों के सिवा कोई नहीं था। पिता की आज्ञा पर राम प्रायश्चित्त यात्रा पर जा चुके थे। सुषेण, वसु और विश्वावसु संघर्ष में सहयोग के लिए कृतज्ञता व्यक्त करने विदर्भ, मिथिला, सौराष्ट्र गए हुए थे।

सबसे बड़े पुत्र विद्यार्थियों को लेकर आज सुबह ही उज्जयिनी महाकाल वन में गए हुए थे और कल शाम तक लौटनेवाले थे। आश्रम की सुरक्षा के लिए एक छोटा सा युवा योद्धाओं का दल था, जिसे क्रुद्ध हैहयों ने आते ही घेरकर बंदी बना लिया था। महर्षि संध्यावंदन में बैठे थे, उन्हें अपनी पूजा पूर्ण करने तक का समय नहीं मिला, तलवार के एक प्रबल प्रहार में उनका शीश दूर जा गिरा। रेणुका कातर होकर चीखती रह गईं, हत्यारों ने ऋषि का कटा सिर उठाया, आश्रम में तोड़-फोड़कर सर्वत्र आग लगाकर वहाँ से वापस प्रस्थान किया।

तीर्थयात्रा से लौट रहे राम को अचानक ऐसा लगा, जैसे पिता उन्हें पुकार रहे हैं बहुत कातर स्वर में, किंतु वे तो घर से बहुत दूर हैं। एक चिंता, एक आशंका उनके हृदय से उठी अवश्य कि कहीं कुछ अनिष्ट हुआ है।

वे पवन वेग से आश्रम की ओर लौटे।

आश्रम का जला हुआ प्रवेश द्वार ही अनिष्ट का इंगित देने पर्याप्त था। पिता की रक्तरंजित देह से लिपटकर रोती हुई माता रेणुका, जो किसी देवी की तरह तेजस्वी थीं, आज वैधव्य का दारुण दुख भोग रही थीं। जले हुए कुटीरों से अब भी उठता धुआँ, अत्याचारी राजकुमारों की कहानी कह रहा था। अपने महान् पिता की क्षमाशीलता का परिणाम देखकर उनका आक्रोश फूट पड़ा।

"मैं जमदग्नि राम शपथ लेता हूँ कि जिन्होंने मेरे पूज्य पिता की हत्या की है, उन्हें धूल में मिला दूँगा, मैं आज से क्षमाशीलता का त्याग करता हूँ। पृथ्वी के सारे अत्याचारी सुनें, मेरा यह दिव्य परशु तब तक विश्राम नहीं करेगा, जब तक इस पृथ्वी पर कोई भी अत्याचारी राजा शेष है। मेरे क्रोध की अग्नि अब हर अन्यायी को भस्म कर देगी।"

उन्होंने दुख में डूबी माता के अश्रु पोंछे, उन्हें सांत्वना दी। भाइयों को शीघ्र लौटने के संदेश भेजे और माहिष्मती पर पुनः आक्रमण के लिए तैयारियाँ प्रारंभ कर दीं।

उनकी क्रोध में उन्मत्त शिष्यवाहिनी उन विभाजित और दुर्बल राजकुमारों पर टूट पड़ी। तीसरे दिन तक सभी राजकुमार परशु की धार पर चढ़कर स्वर्गवासी हुए, पिता का कटा हुआ सिर लेकर राम वापस आश्रम लौटे—माहिष्मती—किसी विशाल श्मशान सी दिखाई दे रही थी, जलती चिताओं के सिवा वहाँ कोई प्रकाश नहीं बचा था।

यमदूतों की भी सामथ्र्य चुक गई होगी, क्योंकि राम के परशु ने शत्रुओं के सिर उसी गति से काटे थे, जैसे कोई कुशल श्रमिक खेत में फसल काटता है। कामधेनु माहिष्मती के लिए कालधेनु साबित हुई थी, एक छोटी सी चिनगारी में एक गौरवशाली साम्राज्य भस्म हो गया था। एक चक्रवर्ती सम्राट् अपने पुत्रों सहित मारा जा चुका था और एक महान् ऋषि भी महाकाल की भेंट चढ़ चुके थे, मृत्यु के देवता को अब तो तृप्त हो जाना चाहिए था, पर नियति ने तो सौम्य शांत तपस्वी राम को उग्र, क्रोधी, संहारक, पापविनाशक···भयानक 'परशुराम' बना दिया था और उनके परशु की प्यास तो अभी प्रारंभ ही हुई थी।

□

यदा-यदा हि धर्मस्य

अहंकारी और अत्याचारी शासकों के विरुद्ध उमड़-घुमड़ रहे जनाक्रोश के बादल अब बरसने को तैयार थे। भूमंडल में फैले आश्रमों से प्राप्त सूचनाएँ निरंतर यही बताती थीं कि अधिकांश राजाओं ने धर्मदंड की अवहेलना कर राजदंड को ही सर्वोच्च मान लिया है।

वैदिक ऋषियों के मार्गदर्शन में महान् योद्धाओं ने जो मर्यादाएँ स्वीकार की थीं, अब अधिकांशत: उनकी अवहेलना ही हो रही है। राजा को जो दैवीय अधिकार दिए गए थे, वे अब वंशानुगत ही नहीं व्यक्तिगत भी हो गए थे। राजकोष का निर्मममा से अपव्ययय होने लगा। राजाओं ने सादगी त्याग दी। विलासिता, वैभव, उद्दंडता अंतत: राजकीय निरंकुशता बन गए। राजा राज्य का प्रथम सेवक न रहा वह स्वयं अब सेवकों की सेना से घिर गया।

धर्मसत्ता दुर्बल हुई तो राजसत्ता बेलगाम हो गई। निहत्थी प्रजा ने राजकीय अत्याचार को भी भाग्य समझ लिया। जनमानस सुधार की आशा ही खो बैठा। अन्याय और भ्रष्टाचार राजसत्ता के पर्याय ही बन गए, सर्वत्र मत्स्यन्याय और जंगलराज के जबड़ों में फँसे असहाय लोग ईश्वर के सहारे थे। उन्हीं ईश्वर के, जिन्होंने अधर्म और अन्याय बढ़ने पर स्वयं आकर धर्म की रक्षा करने का वचन दिया हुआ है, अब तो उन पर भी विश्वास खंडित होने लगा है। राजदरबार से छोटे-छोटे कार्यालयों तक नीति, न्याय, धर्म सर्वत्र मुद्रा राक्षसों का ही प्रभुत्व है। मुद्रा राक्षस, अर्थात् जो बिना मुद्रा वसूले कुछ नहीं करते या जिन्हें मुँहमाँगी मुद्राएँ देकर कुछ भी कराया जा सकता है।

अराजकता के इस भीषण अँधेरे में उगते सूर्य का नाम परशुराम, जिनका संदेश बहुत स्पष्ट है राजा का दायित्व है प्रजा को न्याय, नीति, सुरक्षा देना, जो दे

सकें, वे अभय रहे शेष का भाग्य मेरे परशु की धार पर लिखा हुआ है।

दुष्टों और कर्तव्यच्युत राजाओं को कँपकँपाता यह क्रांतिघोष प्रजा को प्रफुल्लित कर रहा है। घनघोर निराशा में जैसे आशा की एक किरण जगमगा रही है, जो अन्याय करेगा, वह दंडित होगा, स्वयं परशुराम उसे दंडित करेंगे, वहीं परशुराम जिन्होंने पृथ्वी के सबसे शक्तिशाली सम्राट् को भी नहीं छोड़ा।

उनका नाम अब नाम नहीं है, सजीव आतंक है, दुष्टों के मदमस्त हाथी भी होश में आ रहे हैं, कितने ही राज्यों से संदेश आ रहे हैं। प्रजा प्रतिरोध में खड़ी हो रही है, सहायता के लिए उन्हें आमंत्रण भेज रही है, वे सहर्ष तैयार हैं।

मालव राज्य की प्रजा की पुकार सबसे तेज है, मालवराज शत्रुजित् और उनके ससुर चंद्रवर्धन के अत्याचारों का अंत करने भृगुओं की सेना आ गई है, यह सुनकर स्थानीय प्रजा को ऐसा संबल मिला कि उन्होंने राजमहल को चारों ओर से घेरकर आग लगा दी, भागते हुए राजा को प्रजा ही पकड़कर परशुराम के पास ले आई है और उन्होंने सीधे परशु की धार पर उन्हें स्वर्ग भेज दिया है।

विजयी राम अब कांबोज की ओर बढ़े कांबोज और सिंहल के शासक ने युद्ध में परास्त होकर परशु के ग्रास बने। बंगभूमि, सौराष्ट्र, चोल, गुर्जर, नेपाल, कलिंग, जहाँ-जहाँ की त्रस्त प्रजा ने उन्हें पुकारा, वे गए और अन्यायी शासकों के नरमुंड परशु से झरते दिखाई दिए, जो भी चतुर सुजान थे, वे स्वयं सुधर गए। उन्होंने आत्मसंयम कर लिया, न्यायनीति की चिंता करने लगे। ऋषियों-मुनियों को आदर देने लगे, जो पहले से संवेदनशील और प्रजावत्सल थे। वे स्वयं को सुखी अनुभव करने लगे, साथ ही सुरक्षित भी।

प्रजा को धर्म की स्थापना होती दिखने लगी। अवध, बंग, पांचाल सर्वत्र परशु की तीक्ष्णधार ने अपना प्रताप दिखाया, उनके सामने कोई टिक न सका। परिवर्तन की बयार नहीं प्रबल झंझावात का नाम था परशुराम, जिसमें कश्मीर से काशी तक अन्यायी शासकों के राजमुकुट मय शीश के तिनकों की भाँति उड़ गए। हठी राजाओं का संहार करते हुए वे कुरुक्षेत्र पहुँचे, जहाँ अन्यायी राजाओं ने संगठित होकर भृगुसेना पर प्रहार किया। भीषण रक्तपात में वे सभी परशु की घनीधार से बलिपशु की भाँति काटे गए। इतना रक्त बहा कि समरभूमि में पाँच रक्त के तालाब से बन गए, अभी परशु का रक्त सूख भी नहीं पाया

था कि हिमालय से बुलावा आ गया, वहाँ के त्रासदायक राजाओं का वध कर उन्होंने पर्वतीय प्रजा को स्थिरता दी। पूरब-पश्चिम-उत्तर-दक्षिण पृथ्वी की चारों दिशाओं में अन्यायी राजाओं का नाश कर वे माता रेणुका के चरणों में बैठने जमदग्नि आश्रम लौटे।

गाँव-गाँव में उनके साहस और शौर्य की चर्चा होती है। वे एक जीवित किंवदंती हो गए हैं, त्रस्त प्रजा के मुक्तिदाता।

माँ के लिए वे अब भी राम ही हैं, उनका सुंदर शैशव माता रेणुका की स्मृति से विलीन नहीं हुआ है, उनका कैशोर्य अब शक्ति-संपन्न यौवन बन गया है, किंतु माँ को उनकी चिंता है।

माँ ने उन्हें अब शांत होने तथा धर्म कार्य में प्रवृत्त होने का आदेश दिया, "वे चाहती थीं कि ऋषिपुत्र अब ऋषि सदृश्य जीवन जिए, योद्धा सदृश्य नहीं।"

उधर राम के प्रचंड परशु के प्रकोप से त्रस्त शासक वर्ग ने प्राणरक्षा के लिए कश्यप मुनि की शरण लेने का निर्णय किया।

कश्यप मुनि का गुरुकुल अर्बुद पर्वत पर था। जमदग्नि ने बालक राम को भगवान् शिव की शरण में कैलाश भेजने से पहले कश्यप मुनि से शिक्षा लेने यहीं भेजा था। आश्रमवासियों को अभी भी उस तेजस्वी विद्यार्थी का भलीभाँति स्मरण है, जिसने वर्षों कुलपति कश्यप के चरणों में बैठकर शिक्षा ग्रहण की थी।

महर्षि कश्यप का व्यक्तित्व अलौकिक था और कृतित्व भी उन्होंने सीधे अग्नि को ही गुरु मानकर विद्या प्राप्त की थी। अग्नि और अग्निहोत्र उनकी चेतना का मूल आधार बन गए। अर्बुद पर्वत के घने वनों में रहनेवाले वनवासियों ने उन्हें श्रद्धापूर्वक अपना गुरु मान लिया—कश्यप ऋषि का आश्रम उस अंचल का श्रद्धा केंद्र बनने के साथ-साथ संस्कार और शिक्षा का मंदिर भी बन गया।

आज आश्रम में कुछ राजपुरुष अचानक आए हैं और ऋषि के दर्शन-भेंट के इच्छुक हैं। आश्रम के परिचारक उन्हें कुलपति के कक्ष में ले गए। ऋषि को साष्टांग दंडवत् कर उन्होंने अपनी व्यथा कहना प्रारंभ किया, "हे महान् ऋषि, हम विभिन्न राजवंशों के राजकुमार हैं, आपके शिष्य की क्रोधाग्नि से प्राणरक्षा के लिए आपकी शरण में आए हैं।"

"मेरे शिष्य से प्राण रक्षा!" ऋषि ने आश्चर्य के साथ पूछा।

"हाँ मुनिवर, आपके शिष्य परशुराम ने हमारा ही नहीं, हमारी भावी संततियों का जीवन असंभव बना दिया है।"

विस्मित ऋषि ने कहा, "मेरा राम अकारण हिंसा नहीं कर सकता, आप लोगों ने अवश्य कोई ऐसा अपराध किया होगा, जिसका दंड वह अपने परशु से दे रहा है, आप विस्तार से बताइए, हुआ क्या है।"

तब राजपुरुषों ने कार्तवीर्य का सारा प्रसंग कह सुनाया। जमदग्नि की हत्या के बाद साक्षात् मृत्यु के देवता बने परशुराम का रौद्र अवतार कैसे राजाओं के वंश–उन्मूलन में लगा हुआ है, यह सुनाते–सुनाते उनके अश्रु बह निकले।

महर्षि कश्यप ने उनको सांत्वना दी तो उन्होंने विस्तार से बताया कि कैसे पिता जमदग्नि की हत्या से आहत राम अब भयंकर परशुराम बन गए, उनके अपराजेय परशु ने जड़द, अंक, कुंतिप्रदेश, कलिंग, क्षुद्रक, मालव, विदेह, त्रिदत्त, मातृश्यामा, ताम्रवीत, त्रिवर्त से माहिष्मती तक शासको का शिरोच्छेदन किया है और यह क्रम निरंतर जारी है, हर संहार के बाद वे महेंद्र पर्वत लौटकर तपस्या में लीन हो जाते हैं, किंतु जहाँ कहीं की प्रजा उन्हें राजाओं, सामंतों या सैनिकों के अत्याचार की शिकायत करती है, वे परशु लेकर टूट पड़ते हैं, उनका क्रोध जंगल की आग की तरह अनियंत्रित हो चुका है। यदि उन्हें नहीं रोका गया तो राजवंशों का पूर्ण उन्मूलन तय है, अब तो गर्भस्थ शिशु भी संकट में हैं, ऐसी दशा में सर्वत्र अराजकता का भय है।

"आप धैर्य धारण करें, शासकों के अत्याचार की सहज प्रतिक्रिया है यह। आप राजपुरुषों को प्रजा के प्रति ज्यादा संवेदनशील होना पड़ेगा। राजमुकुट स्वेच्छाचारिता का अधिकार नहीं देता, न विलासिता का। आप अपना आचरण सुधारें, अपने शिष्य को मैं समझाऊँगा।"

दयालु ऋषि का यह वचन सुनकर राजपुरुषों के मुख पर संतुष्टि का भाव आया। उन्होंने ऋषि को श्रद्धापूर्वक नमन करते हुए आश्वस्त किया कि राजपुरुष अपने आचरण में सुधार करेंगे।

अगले ही दिन महर्षि अपने शिष्य से मिलने महेंद्र पर्वत की ओर चल पड़े। महेंद्र पर्वत पर परशुराम के विशाल आश्रम में पहुँचते ही उन्हें द्वार पर ही अकृतवृण मिल गए। वही अकृतवृण, जो बहुत पहले उन्हीं के गुरुकुल में विद्याध्ययन के लिए आए थे।

अतीत की स्मृतियाँ सजीव हो आईं, विद्यार्थी राम गुरुकुल से शिक्षा पूर्ण कर विदा लेकर बाहर निकले, उनकी दृष्टि उस भयानक बाघ पर गई, जिसने एक नन्हे बटुक को निशाना बनाकर छलाँग लगा दी थी, राम ने विद्युत् गति से ऐसा परशु प्रहार किया कि बाघ उस बटुक का शिकार करने से पहले स्वयं ही शिकार हो गया।

राम ने दौड़कर उस नन्हे बटुक को सांत्वना दी, "अरे वीर हो तुम, तुम्हें तो खरोंच तक नहीं आई, कोई व्रण, कोई घाव तक नहीं है देह पर, इसलिए तुम्हारा नाम आज से अकृतवृण होगा, वत्स।"

भय से थर-थर काँप रहा नन्हा बटुक उनके गले से लग गया, "अब मैं सदा आपके साथ रहूँगा, आपको नहीं छोड़ूँगा, अब आप ही मेरे गुरु हैं।"

स्नेही राम ने अकृतवृण का बालहठ स्वीकार कर लिया, तब से वे सदैव अपने गुरु के साथ ही रहते हैं और उनका सर्वस्व अपने गुरु परशुराम को समर्पित है।

अकृतवृण ने अपने गुरु के गुरु महर्षि कश्यप को प्रथम दृष्टि में ही पहचान लिया, उनकी चरण वंदना कर उन्हें कुलपति के कक्ष में ले गए।

कुलपति राम महर्षि कश्यप को देखकर भाव-विह्वल हो उठे। वे अपना क्रोध, आक्रोश, गंभीरता सब भूलकर परशुराम से जैसे पुनः बालक राम हो गए, जो अपने गुरु का प्रिय शिष्य था।

"स्वागत है गुरुवर, अहोभाग्य मेरा कि आपके चरणों से यह आश्रम धन्य हुआ।" विनम्रता राम का आभूषण थी।

"यशस्वी भव वत्स।"

"गुरुवर मेरे योग्य आदेश करें!" सत्कार भाव से शिष्य ने कहा।

"हाँ राम, मैं यह कहने आया हूँ कि हवनकुंड में आहुति देने से अग्नि और भड़कती है, शांत नहीं होती।

"तुम्हारे राजपुरुषों का सतत संहार करने से सामाजिक संतुलन नष्ट हो रहा है, यह स्थिति उचित नहीं है, न हितकारी।"

"गुरुजी, मैं क्या करूँ, जब राजपुरुष अपना कर्तव्य भूलकर स्वेच्छाचारी ही नहीं अत्याचारी भी हो जाएँ तो उनका वध धर्मसम्मत है।" राम ने अपनी दुविधा बताई।

"हाँ राम, जब तुमने यह प्रारंभ किया, तब इसकी आवश्यकता थी, किंतु यह सदैव प्रभावी नहीं रह सकता है, अब इसके भी दुष्परिणाम सामने आने लगे हैं।"

"हाँ गुरुदेव, मैं भी इस रक्तपात से ऊब गया हूँ, किंतु इनका आचरण मुझे हिंसा के लिए बाध्य करता है।" राम ने दुविधा बताई।

"वत्स, तुम ब्राह्मणत्व के प्रतीक हो, क्षत्रियत्व क्षत्रियों के लिए छोड़ दो, यही श्रेयस्कर है।"

"जो आज्ञा गुरुदेव!" राम ने सिर झुकाया।

"तुम्हारे सतत संहार से समाज असंतुलित हो गया है, ब्राह्मण ब्राह्मणत्व भूल गए हैं, क्षत्रिय क्षत्रियत्व का त्याग कर बैठे हैं, वैश्यों और शूद्रों का भी यही हाल है, वे भी अपना कौशल और सद्गुण छोड़ रहे हैं, सभी को पुन: संस्कारित करना होगा।"

"सत्य है गुरुदेव!" राम ने स्वीकार किया।

"समाज को पुन: चैतन्य करना सरल नहीं है राम, कई पीढ़ियों को सतत श्रेष्ठ आचरण करना होगा।"

"हाँ गुरुदेव!" राम सहमत थे।

"राम, तुमने इतना रक्तपात किया है कि तुम्हारी उपस्थिति आतंक बन गई है, इसलिए तुम पहले रक्तपात का प्रायश्चित्त कर शांति का संदेश देने के लिए धार्मिक अनुष्ठान करो।"

"अवश्य गुरुदेव!" कहा राम ने।

संतुष्ट कश्यप ने शिष्य को अपने स्नेहिल आशीर्वाद दिए। शिष्य ने गुरु का यथोचित् सत्कार किया और शांति यज्ञ की तैयारी में जुटने का संकल्प लिया।

संपूर्ण पृथ्वी पर वर्चस्व स्थापित होने के बाद भी परशुधारी राम गुरु की आज्ञा शिरोधार्य कर धार्मिक आयोजन की तैयारी में जुट गए।

एक भव्य और अत्यंत विशाल यज्ञ-मंडप तैयार हुआ। श्रेष्ठ ऋषियों और याज्ञिकों को सादर आमंत्रित किया गया। महर्षि कश्यप ने यज्ञ का आचार्यत्व स्वीकार किया। श्रेष्ठ मुनि वसिष्ठ अध्वर्यु बने। शृंगी ऋषि यज्ञ में ब्रह्मा बने। महर्षि कौशिक होता तो भरद्वाज सभासद की भूमिका में आए, महर्षि विश्वामित्र के पुत्र सहित पचास ऋषि ऋत्विज बनकर बैठे, इस विराट् विश्वजित् यज्ञ के समापन

के समय अपनी जीती हुई समस्त पृथ्वी शिष्य परशुराम ने यज्ञ के आचार्य महर्षि कश्यप को दक्षिणा के रूप में दान कर दी। ऋत्विजों समेत सभी ऋषियों, मुनियों, याज्ञिकों को अपना सर्वस्व दान कर वे स्वयं अकिंचन हो गए।

उनका दान स्वीकार कर महर्षि कश्यप ने उन्हें अनंत शुभ आशीष देकर उनका प्रायश्चित्त पूर्ण घोषित किया। उनकी धीर गंभीर वाणी शिष्य पर स्नेह वर्षा कर रही थी, "अपना सर्वस्व दान देकर भी तुम सदैव समृद्ध रहोगे परशुराम, चिरंजीवी हो तुम, जब-जब राजसत्ता अन्याय करेगी, तुम प्रजाजनों में विद्रोह की भावना बनकर प्रकट होगे, उनके हृदय में, उनके आक्रोश में, उनके साहस में, उनके संगठन में, उनकी सामूहिक चेतना में प्रेरणा बनकर साँस लोगे।"

संपूर्ण यज्ञ मंडप स्तब्ध होकर महान् कश्यप को सुन रहा था, "संसार के प्रत्येक भू-भाग में त्रस्त प्रजा के प्रतिरोध में तुम्हारा स्वर सुनाई देगा, सताए गए लोग जब-जब उठ खड़े होंगे, उनकी आँखों की चमक में तुम्हारे परशु की धार प्रतिबिंबित होगी, तुम प्रत्येक प्राणी की चेतना में शुभ का संकल्प बनकर रहोगे, प्रिय राम!" नतमस्तक राम अपनी गुरु दक्षिणा से संतुष्ट है।

त्यागी तपस्वी महर्षि कश्यप ने सामाजिक संतुलन की स्थापना का दायित्व पूर्ण करने के लिए श्रेष्ठ विद्वानों का संगम आयोजित किया।

वसिष्ठ आदि पूज्य ऋषियों और राजपुरुषों के साथ विचार-विमर्श कर शासन व्यवस्था को जनकल्याणकारी बनाने वैदिक व्यवस्था सर्व सम्मति से पुनः लागू की गई, जिसमें बुद्धिजीवियों को पूर्ववत दिशासूचक का कार्य करना था, जबकि योद्धाओं को रक्षण और प्रशासन का दायित्व सँभालना था।

राजसत्ता मद मस्त न हो, इसलिए संपूर्ण पृथ्वी को छह भागों में बाँटकर एक-एक श्रेष्ठ ऋषि को वहाँ धर्मांचरण का दायित्व सौंपा गया। ब्राह्मणों में ब्रह्मतेज, क्षत्रियों में क्षात्रतेज की पुनः प्रतिष्ठा की गई। वैष्यों को व्यवसाय बुद्धि के साथ-साथ धर्मज्ञान का नया आत्मविश्वास भी दिया गया। शूद्रों को धर्मानुकूल संयमित जीवन का मंत्र दिया गया, चारों वर्णों को श्रेष्ठता अर्जित करने के लिए प्रेरित किया गया, इससे सामाजिक सौहार्द और संतुलन वापस पनपने लगा। □

देवताओं का देश

संपूर्ण पृथ्वी कश्यप मुनि को दान करने के बाद योद्धा परशुराम के समक्ष यह प्रश्न उत्पन्न हुआ कि वे स्वयं कहाँ निवास करें। सर्वस्व दान करने के बाद अब वे पूर्ववत इसी भू-भाग पर तो नहीं रह सकते, रहते तो धर्म का उल्लंघन होता। वे समुद्रतट पर गए और समुद्र से पीछे हटने को कहा, ताकि जो नया स्थान उभरे, वहाँ वे स्वयं निवास कर सकें, समुद्र सहमत था पर वह कितना पीछे हटे, यह तय करने के लिए महावलेश्वर की पहाड़ियों पर खड़े होकर महर्षि ने अपना परशु समुद्र की ओर फेंका, हवाओं में उड़ता परशु समुद्र में सैकड़ों-सहस्रों योजन पार कर जब नीचे धँसा, वहाँ तक का स्थान रिक्त कर समुद्र पीछे हट गया। एक विस्तृत भूखंड पृथ्वी के भूगोल पर उभर आया, गुर्जर देश के भृगु कच्छ से पश्चिम में कोंकण/गोवा दक्षिण में धारवाड़, केरल, कन्याकुमारी तक का भू-भाग 'परशुराम प्रदेश' कहलाने लगा।

अनंतकाल से समुद्र में होने के कारण यह बंजर उजाड़ और निर्जन था। उन्होंने देवताओं का आह्वान किया, आशुतोष शिव पहले देवता थे, जो वहाँ पहुँचे, उनके साथ माता पार्वती, गणपति और कार्तिकेय, जो स्कंदस्वामी के नाम से विख्यात हुए, नंदी, मयूर, मूषक, सिंह, सर्पों सहित नवीन क्षेत्र को अपने आवास के लिए चुन लिया।

परशुराम के आकर्षण में श्रेष्ठ ब्राह्मण, परिश्रमी कृषक, निपुण मछुआरे, धर्म प्राण योद्धा, रोमांच प्रेमी युवा, यहाँ मंत्रमुग्ध से चले आए। जल्दी ही अपने कठोर परिश्रम से उन्होंने इस नई भूमि को सुरम्य हरे-भरे रमणीय संपन्न प्रदेश में बदल दिया।

यहाँ की शांति और सरसता ने जल्दी ही ऋषियों-मुनियों को भी आकर्षित कर लिया। अगस्त्य, बोधायन, बास्कल जैसे तपस्वियों के आश्रम आकार लेने लगे। देवी स्वरूपा माता रेणुका ने भी यहीं बसना पसंद किया। परशुराम प्रदेश का आकाश वैदिक ऋचाओं और यज्ञ कुंडों से उठते सुगंधित धुएँ से आच्छादित रहने लगा। मुख्य भूमि के श्रेष्ठतम तत्त्व ही यहाँ आ सके, कलुष पीछे ही छूट गया।

प्रभु परशुराम पृथ्वी पर अपना कार्य पूर्ण कर पुनः तपस्या की इच्छा से महेंद्र पर्वत पर समाधिस्थ हुए।

नीचे कालचक्र चलता रहा, पृथ्वीवासियों की स्मृति में उनका परशु जब तक कौंधता रहा, लोग धर्मानुशासन में बँधे रहे। उनके मंदिर बनने लगे, वे विष्णु अवतार की तरह पूजे जाने लगे, पर वे वीतरागी संन्यासी थे, जिन्हें धर्म और न्याय के अतिरिक्त कोई मोह नहीं था, कोई महत्त्वाकांक्षा नहीं थी, कोई दैहिक-भौतिक आकर्षण नहीं थे, युद्ध भी उन्होंने कर्तव्य भावना से लड़े, अहंकार या यशकामना से नहीं जीते हुए किसी भी राज्य पर स्वयं शासन नहीं किया। संसार पहली बार ऐसा अद्भुत संन्यासी देख रहा था, जो त्याग और तपस्या की चरम सीमा था और शौर्य और कठोरता की भी, उनके जो पवित्र हाथ यज्ञ की वेदी पर विराजमान होकर समिधा चढ़ाते थे, वही युद्धक्षेत्र में साक्षात् महाकाल बन जाते थे।

□

धनुष-यज्ञ

महेंद्र पर्वत पर तपस्या में लीन प्रभु परशुराम की शांति भंग हुई, उन्हें आभास हुआ, जैसे भगवान् शिव द्वारा उन्हें प्रदत्त धनुष तेज आवाज करते हुए दो खंडों में टूट गया है। उन्होंने चौंककर अपने नेत्र खोले, सामने के विशाल वृक्षों की शाखाओं पर चहचहाते पक्षी डरकर उड़ गए। आकाश में सुनहरी धूप खिली हुई है, चारों ओर का दृश्य भव्य और मनोरम है। भगवान् भुवन भास्कर भी अंतरिक्ष में अपनी रश्मियों के उज्ज्वल आलोक में स्वयं प्रसन्नचित्त हैं, तभी उन्होंने सामने झुरमुटों में एक मयूर को अपना नृत्य प्रारंभ करते देखा, वह नृत्य मुद्रा में आने के लिए अपनी देह को हिलाहिलाकर अपने पंखों की छतरी खोल रहा था, जब एक-एक कर सभी पंख खुल गए तो उन्हें उठाकर अपने पीछे नीचे अर्द्धचंद्र की आकृति में भाव-विभोर होकर नृत्यरत हुआ। उसकी नृत्य मुद्राओं को छोड़कर महर्षि उठ खड़े हुए, उन्हें लगा, कहीं दूर उनकी आवश्यकता है, यदि विलंब हुआ तो अनर्थ होगा। अपने परशु और धनुष-बाण धारण कर वे वायुवेग से चल पड़े, उन्हें स्मरण था कि शिव धनुष तो मिथिला में था विदेहराज जनक के यहाँ।

योगबल से तत्क्षण मिथिला उतरकर उन्होंने जो देखा, वह भयानक था। महाराज जनक के विशाल मुक्त आकाश प्रेक्षागृह में अनगिनत राजा अपने अस्त्रों-शस्त्रों को लहरा रहे थे। उन्होंने सुना, कोई कह रहा था, “अरे यह जनक क्या करेगा, इसने छलपूर्वक हमारा अपमान किया है, हम अभी इसे मार डालते हैं, इन दोनों राजकुमारों को भी मारकर सीता को बलपूर्वक ले चलते हैं।”

दूसरी ओर दो सुंदर वनवासी युवक, जो राजपुत्र दिखाई देते हैं, बिना डरे

युद्ध के लिए तैयार हैं और उन्होंने भी अपने-अपने शर-संधान कर लिये हैं, दोनों के बीच में महाराज जनक व्याकुल हैं और समाधान करने का प्रयास कर रहे हैं।

खुले प्रेक्षागृह में परशुरामजी के पाँव रखते ही दृश्य बदल गया। उनकी चाल में ही ऐसा गर्जन-तर्जन था कि समूचा प्रेक्षागृह काँप उठा। तलवारें वापस म्यानों में लौट गईं और बाण तरकस में, जो राजा लोग सिंह की तरह दहाड़ रहे थे, वे बिल्ली की तरह मिमियाने लगे, कुछ ने परशुरामजी की चरण-धूलि ली, शेष दूर से ही साष्टांग करने लगे, कुछ ही पलों में प्रेक्षागृह रिक्त हो गया, अब वे विवाह के इच्छुक नहीं रहे, उन्हें प्राणभय ने भागने की ही चेतना दी और उन्होंने कोई चूक नहीं की। परशुरामजी की उपस्थिति मात्र से एक भीषण रक्तपात टल गया।

विश्वामित्रजी ने उन्हें अपने तेजस्वी शिष्यों से मिलवाया, श्रीराम और लक्ष्मण से, परशुरामजी ने दोनों के धैर्य और साहस को अपने तरीके से जाँचा और प्रसन्न होकर श्रीराम को कहा, "मैं लंबे समय से पृथ्वी पर धर्म और कल्याणकारी राज्य की स्थापना के लिए दुष्टों के संहार का कार्य कर रहा हूँ, अब मेरी भूमिका पूर्ण हुई, मैं यह दायित्व आपको सौंपता हूँ, यह दिव्य वैष्णव धनुष और अपना तेजोबल का पुण्य प्रताप" भी। संतुष्ट परशुरामजी पुनः तपस्या करने महेंद्र पर्वत चले गए, यह जानकर पृथ्वी के समस्त राजाओं ने चैन की साँस ली।

□

कथा द्वापर की

समय चक्र ने कभी रुकना नहीं जाना, त्रेता युग बीत गया, अब द्वापर युग है, त्रेता के नायक भी बीत गए और खलनायक भी, अकेले परशुराम हैं, जो नहीं बीते, आखिर वे उन सात पुरुषों में हैं, जिन्हें चिरजीवी होने का वरदान प्राप्त है। संसार को उनका योद्धा स्वरूप याद है आक्रामक, आग्नेय। जिनका परशु कर्तव्य से भटकी अन्यायी सत्ता के विरुद्ध उभरे जनविद्रोह के समर्थन में सदैव रक्तपान का इच्छुक है।

उनके तपस्वी, अध्ययनशील, आराधक, अध्यात्म के अथक अनुसंधानी स्वरूप उतना चर्चित नहीं है, किंतु वे श्रीविद्या के आचार्य और धनुर्विद्या के प्राचार्य हैं, अनिष्टों से जूझते मानवों को अभीष्ट की प्राप्ति के लिए उन्होंने भगवान् दत्तात्रेय से श्रीविद्या की उपासना जानकर उसे प्रतिष्ठित किया। वे ऋषियों के वंशज मात्र नहीं, बल्कि स्वयं दृष्टा भी हैं।

बहुत कम विद्वान् जानते हैं कि दुर्गा सप्तशती के मंत्रों के दृष्टा सुमेधा हरितायन ऋषि उनके विनम्र शिष्य हैं।

एकवीरा रेणुका माता, जो दक्षिण में सर्वशक्ति प्रदायिनी 'येल्लमा माता' हैं, उनके यशस्वी पुत्र को द्वापर में भी भूमिका निभानी है।

द्वापर युग का समय रथ भी द्रुत गति से दौड़ रहा है। कृष्ण की बाल लीलाएँ संपन्न हो चुकी हैं। बालकृष्ण अब युवा कृष्ण हो चुके हैं। वे अत्याचारी कंस का वध भी कर चुके हैं मथुरा में, अब महाराज उग्रसेन उसी सिंहासन पर विराजमान हैं पर दृष्टि बदलते ही सृष्टि बदल जाती है।

उग्रसेन की सहृदयता से मथुरा प्रसन्न है, गोकुल के ग्वाले भी और वृंदावन

के ग्रामीण भी, कंस का अत्याचार अब कहानियों-किस्सों-नाट्य मंचन का विषय है, किंतु मथुरा से बहुत दूर कहीं कोई है, जिसके हृदय में कंस की मृत्यु का प्रतिशोध लेने की जिद है।

कंस के श्वसुर जरासंघ का प्रण है, मथुरा पर आधिपत्य कर यादवों को प्राणदंड देना। निरंतर सत्रह आक्रमणों की असफलता ने भी उसे निराश नहीं किया है, अब वह अंतिम आक्रमण की तैयारी कर रहा है, जो इतना प्रबल है कि सबको लग रहा है कि मथुरा का मानमर्दन तय है।

किंतु मथुरा जाग्रत् है, चैतन्य है और आसन्न संकट से अपनी प्रतिरक्षा की रणनीति बना रही है। महाराज उग्रसेन, श्रीकृष्ण और बलराम ने अपने सलाहकारों से चर्चा कर यह तय किया कि जरासंध की सेना को मथुरा तक आने दिया जाए। मथुरा यथाशक्ति अपने स्वाभिमान के लिए युद्ध करे, जरासंध का मुख्य लक्ष्य श्रीकृष्ण हैं, वे कूटनीति का आश्रय लेते हुए युद्ध से पलायन कर जाएँ तो जरासंध उनको पकड़ने की कोशिश में उनके पीछे भागेगा और मथुरा सुरक्षित रही आएगी।

सबकुछ तय नीति के अनुसार ही हुआ। मथुरा छोड़कर कृष्ण 'रणछोड़' बनकर बलराम के साथ पलायन कर निकल भागे, जरासंध ने उनका पीछा किया, किंतु थाह न पा सका, क्योंकि वह उनको नगरों में खोज रहा था, जबकि वे तो चतुराई से सह्याद्रि के समीप कृष्णा और वेण्णा के संगम पर विशाल वट वृक्ष के नीचे धूनी रमाए संन्यासी परशुराम के शिष्यमंडल में घुल-मिलकर गोमांतक पर्वत की दुर्गम घाटियों में जा छिपे थे। उन्होंने उस महान् योद्धा से दिखनेवाले संन्यासी के सान्निध्य में छद्मयुद्ध की कलाएँ सीखीं, वनवासियों और ग्रामीणों को संगठित किया, जब कृष्ण और बलराम छापामार युद्ध में दक्ष हो गए तो महान् परशुराम ने उन्हें एकवीरा का विजयी मंत्र देते हुए जरासंघ को परास्त करने के लिए एक अद्भुत अस्त्र दिया। यह था सुदर्शन चक्र, जो आह्वान करने पर अंगुली पर प्रकट होता था। मंत्रशक्ति से लक्ष्य पर जाकर शत्रु का शीष काटकर वापस लौट आता था, सुदर्शन चक्र विद्या मिल जाने से कृष्ण अजेय हो गए।

□

धनुर्विद्या के प्राचार्य

कृष्ण बलराम के विदा होने से महेंद्र पर्वत स्थित महान् परशुराम का गुरुकुल रिक्त नहीं हुआ, कोई धनुर्विद्या में श्रेष्ठता की आस लिये आता था, कोई श्रीविद्या को आत्मसात् करने, विद्यार्थियों की पंक्ति कभी टूटती नहीं थी।

एक दिन एक तेजस्वी ब्राह्मण अत्यंत याचक भाव से उनके आश्रम में उपस्थित हुए।

"प्रभु, मैं अपनी निर्धनता से त्रस्त हूँ, मेरा आध्यात्मिक ज्ञान मेरे शिशु की भूख नहीं बुझा सकता, आप दानवीर हैं, मैं धन की आकांक्षा से आपके द्वार आया हूँ।"

"हे श्रेष्ठ ब्राह्मण, मुझे खेद है, मैं अपना संपूर्ण धन, स्वर्ण, बहुमूल्य रत्नादि दान कर चुका, तब आपका आगमन हुआ है, किंतु मेरे द्वार से आप खाली हाथ नहीं लौटेंगे, मेरे पास मेरा शरीर है, इसे मैं आपको दान कर सकता हूँ। या धनुर्वेद है, आप यहीं रहकर धनुर्विद्या सीखें, यह शेष जीवन में आपकी आजीविका का साधन बन सकती है।" निराश ब्राह्मण ने आश्रम में डेरा डाला और मनोयोग से धुनर्विद्या सीखने लगे।

ब्राह्मण द्रोण को धनुर्विद्या का प्रारंभिक ज्ञान था, अभ्यास भी था, किंतु धनुर्विद्या का विज्ञान कितना विस्तृत है, यह वे जल्दी ही जानने लगे।

परशुरामजी का आश्रम धनुर्विद्या का विद्यालय नहीं, बल्कि विश्वविद्यालय है, यह द्रोण को समझ आ गया, संपूर्ण धातु-शास्त्र पढ़ना पड़ा, गुरुजी ने बताया कि कौन-कौन सी धातुओं के मिश्रण का उचित अनुपात क्या है। तत्पश्चात् मारक विषों का विज्ञान उन्हें बनाने की विधि, पढ़ते-पढ़ते, जब उच्च तकनीकी

वाले अति संहारक अस्त्र-शस्त्रों का पाठ प्रारंभ हुआ, आश्रम की आयुधशाला के प्रभारी आचार्य ने एक दिन बताया कि सारे आचार्यों ने धनुर्विद्या का ज्ञान महान् परशुराम के इस गुरुकुल में ही प्राप्त किया है। गुरुजी ने 'धनुष-चंद्रोदय' के नाम से धनुर्वेद की एक संहिता ही लिखी है, जिसके बारह अध्यायों में छह हजार से ज्यादा श्लोक हैं। कुलपति परशुराम ने अपने इस ग्रंथ में अग्निवर्षा, जलवर्षा, पाषाण वर्षा में सक्षम अस्त्रों का विवरण दिया है। ब्रह्मास्त्र, रुद्रास्त्र, वैष्णवी शक्ति आदि अस्त्रों के निर्माण व संचालन विधि भी लिखी है, यह जानकार द्रोण रोमांचित हो उठे, वे और अधिक मनोयोग से धनुर्विद्या के सिद्धांतों व निर्माण प्रक्रिया में निपुणता प्राप्त करने में जुट गए, आखिर वे धनुर्विद्या के प्राचार्य के सान्निध्य में थे, जो न जाने कितने भावी आचार्यों को प्रशिक्षित कर रहे थे।

द्रोण के कठोर परिश्रम से प्रसन्न कुलपति ने अपनी सारी धनुर्विद्या द्रोण को सिखाते हुए उन्हें 'धनुष-चंद्रोदय' देकर अपने अनुभव व नए प्रयोगों से उसका विस्तार करने को कहा।

उत्साहित होकर द्रोण ने कठोर परिश्रम कर सरल भाषा में 'धनुष-प्रदीप' नाम का ग्रंथ लिखकर गुरुदक्षिणा के रूप में जब अपने गुरु परशुरामजी के चरणों में भेंट किया, तब उन्होंने आशीर्वाद दिया, "मैं तुम्हारे परिश्रम से प्रसन्न हूँ प्रिय द्रोण, मेरा आशीर्वाद है कि तुम एक दिन अपनी योग्यता से धनुर्विद्या के श्रेष्ठतम आचार्य बनो, बस यह स्मरण रहे कि यह ज्ञान अपात्र को नहीं देना, क्योंकि अस्त्र-शस्त्र महत्त्वपूर्ण नहीं है, महत्त्वपूर्ण है, उन्हें उपयोग करनेवाला और उसका विवेक।"

गुरुजी की चरण-रज लेकर द्रोण ने कृतज्ञता के साथ वापस अपने घर की ओर प्रस्थान किया।

□

अंबा का संताप

योद्धा भीष्म कुरुवंश की वंश-परंपरा जारी रखने के लिए काशीराज के स्वयंवर से तलवार के बल पर उनकी तीनों कन्याएँ ले आए, अपने छोटे भाई विचित्रवीर्य के विवाह के लिए। राजकुमारी अंबा ने बताया कि वह शाल्वराज को पहले से ही अपना पति स्वीकार कर चुकी है, अत: विचित्रवीर्य की पत्नी कैसे हो सकती है, तब भीष्म ने सत्यवती से चर्चा कर अंबा को मुक्त कर दिया। अंबा जब शाल्वराज के पास लौटी तो शाल्वराज ने उसे अस्वीकार कर दिया, क्योंकि वह भीष्म के आधिपत्य में रहकर लौटी थी।

व्यथित और असहाय अंबा ने परशुरामजी की शरण पकड़ी कि उसकी यह त्रिशंकु जैसी गति उनके शिष्य भीष्म की वजह से हुई है, अत: उसे भीष्म से न्याय दिलाएँ।

भगवान् परशुराम ने अपने प्रिय शिष्य भीष्म को बुलाया और राजकुमारी अंबा से विवाह करने का आदेश दिया।

भीष्म भीषण धर्म संकट में फँस गए। एक ओर पिता को दिया वचन था, जिसके पालन में उन्हें आजन्म ब्रह्मचारी रहना था, दूसरी ओर महान् गुरु का आदेश था, ऊहापोह के बाद भीष्म ने गुरु की आज्ञा मानने में असमर्थता जताई। क्रोधावतार परशुराम ने तब अपने शिष्य को युद्ध का आह्वान किया, शिष्य का जीवन और धर्म दोनों ही संकट में थे, जिन गुरु के श्रीचरणों में बैठकर शस्त्र विद्या सीखी, उन्हीं से युद्ध अकल्पनीय है, किंतु परशुराम कहाँ माननेवाले थे। उन्होंने तो अन्याय के उच्छेदन की शपथ ली हुई थी, भीष्म अन्याय के अपराधी थे, अंबा का जीवन नष्ट करने के दोषी, भले ही वे उनके प्रिय शिष्य थे, तब भी दंड से बच

नहीं सकते थे, उनके सामने एक ही विकल्प था—या तो वे अंबा से विवाह करें या उस परशु की धार का सामना करें, जिससे संपूर्ण संसार काँपता था।

न चाहकर भी युद्ध के लिए विवश भीष्म अपने रथ पर आरूढ़ होकर युद्धभूमि में गए तो उन्होंने पृथ्वी पर पैदल खड़े शस्त्रधारी परशुराम को देखा, जो रथविहीन थे तो उन्होंने कहा, "मैं आप विरथी से कैसे युद्ध करूँ, आपने तो कवच, शिरस्त्राण कुछ भी धारण नहीं किया है।"

युयुत्सु परशुरामजी ने कड़क आवाज में उत्तर दिया, "विचलित मत हो वत्स, युद्ध करो, यह पृथ्वी ही मेरा रथ है, चारों वेद मेरे अश्व हैं, वायु मेरी सारथी है और गायत्री मेरा कवच है।"

अंततः युद्ध आरंभ हुआ, परशुराम ने अपने तीक्ष्ण बाणों से भीष्म के घोड़े मार गिराए, रथ नष्ट कर दिया, स्वयं भीष्म घायल हो गए, यद्यपि उन्होंने भी अपने रणकौशल का परिचय दिया, अगले तीन-चार दिन युद्ध भयंकर होता चला गया, दोनों ओर के योद्धा जूझते और धराशायी होते। चौथे दिन परशुराम प्रलयंकर हो गए, उन्होंने भीष्म के सारथी को मार डाला और उनका प्रबल बाण भीष्म के वक्ष से आ टकराया, गिरते-गिरते भी उन्होंने अपने तीर से परशुरामजी का धनुष दो टूक कर दिया, अब तो भृगुनंदन ने व्याकुल होकर परम संहारक शस्त्र का आह्वान कर अर्धमूर्च्छित भीष्म को पूर्ण परास्त करने के लिए प्रहार करना चाहा, तभी महान् ऋषियों और पितरों ने बीच युद्ध में हस्तक्षेप कर उन्हें समझाया कि यह अनर्थ न करें, उनके शिष्य की हार भी उनकी ही हार समझी जाएगी। सत्रह दिन से हार-जीत का कोई निर्णय नहीं हो सका है, आगे भी उन्हें दोनों ओर अपयश ही प्राप्त होगा, शिष्य हारे तो हार, जीते तो हार।

इसी प्रकार भीष्म को भी शांत किया गया और अंततः युद्ध-विराम हुआ।

□

सह्याद्रि

सह्याद्रि पर्वत में महाबलेश्वर के निकट एक प्राचीन शिव मंदिर है, जहाँ से पाँच नदियाँ प्रकट हुई हैं—कोयना, वेन्ना, सावित्री, गायत्री और कृष्णा। इस मनोरम स्थल ने योद्धा परशुराम की कठोर छवि में छिप गए, उनके सरल तरल मन को भाव-विह्वल कर दिया, यह पंचगंगा देखकर उन्हें यहाँ से हजारों योजन दूर स्थित उस जानापाव कुटीर का स्मरण हो गया, जहाँ उनका बचपन बीता था। विध्यांचल पर्वत पर पिता जमदग्नि के आश्रम से भी ऐसी ही आठ नदियाँ प्रकट होती हैं। चंबल, गंभीर, चोरल, अजनार, कारम, अंगरेर, धमनी, नखेरी की जलधाराएँ उनकी स्मृति में अचानक जीवंत हो उठी हैं। उनका जीवन प्रवाह भी नदियों की तरह सदा गतिशील है, उनकी जीवन यात्रा चंबल के उद्गम स्थल से प्रारंभ हुई, किशोरावस्था नर्मदा तट पर बीती, युवा होते-होते वे कृष्णा, कावेरी, गोदावरी, गंगा, यमुना, सोन में स्थान कर चुके हैं, कोई नहीं जानता कि उनके पहाड़ की तरह कठोर व्यक्तित्व में करुणा की अंतः सलिला सदा प्रवहमान है।

समाज कंटकों के झाड़-झंखाड़ को उखाड़ते हुए, अन्यायी सत्ता के यथा-स्थितिवाद के तटों को तोड़ते-फोड़ते हुए वे नदी की तरह ही आगे बढ़ रहे हैं, उनके अदम्य आवेग में अहंकारियों के राज-मुकुट तिनकों की तरह बहते जाते हैं, वे जनमन के मुक्तिदाता हैं, सज्जनों के संबल हैं और दुष्टों के लिए साक्षात् महाकाल हैं। प्रजा उन्हें अवतार की तरह देखती है, किंतु वे मानवदेह में नियति से प्राप्त दायित्व का निर्वाह कर रहे हैं।

□

अध्यात्म का अंतःपुरः महेंद्र पर्वत

सह्याद्रि के पश्चिमी सिरे पर महेंद्र पर्वत है, प्रभु परशुराम का प्रिय साधना स्थल महेंद्र पर्वत पर पानी नहीं था, तब उन्होंने अपने योगबल से चट्टान में से एक बाण मारकर जलधारा प्रकट की, जिसने एक कुंड का स्वरूप ले लिया है और उनके नाम पर उसे 'रामकुंड' ही कहा जाने लगा है। कावेरी तट से श्रेष्ठ वेदपाठी ब्राह्मणों को यहाँ वासिष्ठी तट पर बसा दिया है। इसी महेंद्र पर्वत की तलहटी में वासिष्ठी नदी के तट पर एक नया नगर बसाया। श्रावण कृष्ण त्रयोदशी के शुभ दिन।

प्रभु परशुराम की उपस्थिति से अध्यात्म और तपस्या की राजधानी है महेंद्र पर्वत। महेंद्र पर्वत के नैसर्गिक वातावरण में विशाल यज्ञ मंडप में स्वयं भगवान् परशुराम व्याघ्रचर्म पर बैठकर हवन कर रहे हैं, उनके गुरु गंभीर स्वर में गूँजती ऋचाओं में इन याज्ञिकों के युवा स्वर भी समाहित हो रहे हैं, जो हवनकुंड के समीप ही बैठे हैं।

हवनकुंड में नाचती अग्नि शिखाओं में तप-तपकर उनका तेजस्वी मुखमंडल और अधिक दीप्त हो उठा है, पूर्णाहुति के पश्चात् (शांति पाठ प्रारंभ हुआ—ॐ पृथ्वीः शान्ति, रापा शान्ति)।

हे परमात्मा द्योलोक में शांति हो, अंतरिक्ष में शांति हो, पृथ्वी में शांति हो, जल में शांति हो, औषधियों में शांति हो, विश्व में शांति हो, देवताओं में शांति हो, शांति हो शांति हो।

शांति पाठ से संपूर्ण वातावरण प्रशांत हो गया है।

□

कर्ण-कथा

शांतिपाठ के बाद भव्यमूर्ति परशुराम उठे और अपनी कुटिया की ओर जाने लगे, उनके परमशिष्य अकृतवृण के साथ एक तेजस्वी युवक ने उन्हें आकर श्रद्धापूर्वक नमन किया।

अकृतवृण ने बताया कि आगंतुक उनका शिष्य बनने की आकांक्षा लिये आया है, लगभग नित्य ही कोई-न-कोई युवा उनका शिष्य होने की इच्छा से आते ही रहते हैं, इसमें कोई विशेष बात न थी, विशेष बात थी, उसका समर्पण भाव उसकी भक्ति-भावना, जो उसकी देहभाषा में भी प्रकट हो रही थी।

"कहो वत्स, किस विद्या में जिज्ञासा है तुम्हें?"

"भगवन्, मैं ब्रह्मास्त्र की इच्छा से आया हूँ?"

"ब्रह्मास्त्र की साधना सरल नहीं है वत्स, असाधारण, आत्मसंयम, अहर्निश परिश्रम और कठोर नियमों का पालन कर सकोगे?"

"अवश्य भगवन्।"

"वत्स, ब्रह्मास्त्र अत्यंत संवेदनशील आयुध है, यह हिंसकों और राज्य-लोलुपों के लिए नहीं है, वरन् अपनी इंद्रियों और मनोविकारों को जीतनेवाले वीतरागियों के हाथों में ही कल्याणकारी है। यह अचूक संहारक है, इसलिए अहिंसक शांतचित्त ब्राह्मणों के अतिरिक्त मैं किसी को यह भीषण शस्त्र नहीं देता हूँ।"

"मुझे ज्ञात है प्रभु, इसीलिए मैंने आपके पास आने का साहस किया है।" युवक ने विनम्र स्वर में कहा।

"तो आज तुम विश्राम करो, अकृत। इनके आवास आदि का प्रबंध कर बस

इन्हें ब्रह्ममुहूर्त में मेरे पास लाओ, कल से इनकी साधना प्रारंभ होगी।"

प्रणाम कर अकृतवृण और आगंतुक दोनों ब्रह्मचारियों के आवास की ओर गए।

अगले दिन ब्रह्ममुहूर्त में महर्षि परशुराम ने नए शिष्य को संकल्प दिलाकर उसकी शिक्षा का प्रारंभ किया, उनके आश्रम की कठोर दिनचर्या भी नए विद्यार्थी के उत्साह को कम नहीं कर सकी है। आश्रम के सभी नियमों का पालन करते हुए उसने अपने अतीत को जैसे भुला ही दिया है, उसे आश्रम की गतिविधियों में छोटे से छोटा कार्य करते देख कोई कल्पना भी नहीं कर सकता कि वह कोई साधारण से साधारण विद्यार्थी नहीं, बल्कि एक विशिष्ठ राजपुरुष और अपने युग का अद्वितीय योद्धा है, वह आश्रम की साफ-सफाई, पानी भरने, भोजन बनाने, अतिथि सेवा, गौसेवा हर कार्य इतनी निपुणता से करता है कि अनायास ही महर्षि को लगता है, जैसे उन्हें एक और अकृतवृण मिल गया है—आज्ञाकारी, समर्पित, विश्वसनीय और एकाग्रचित्त।

अपनी एकाग्रचित्ता और मेधा से भी उसने गुरुजी को मुग्ध कर लिया है। अध्ययन और अभ्यास से उसने ब्रह्मास्त्र का अधिकांश विज्ञान हृदयगंम कर लिया है, यहाँ सिद्धांत और क्रियाविधि दोनों का व्यवहार एक साथ पढ़ाया जाता है। गुरुजी कहते हैं, "क्रियाविधि के व्यावहारिक उपयोग के बिना कोरा सिद्धांत किसी काम का नहीं।"

इसी प्रकार "सिद्धांत विहीन ज्ञान समाज के लिए अनियंत्रित अग्नि के साधन घातक है, सिद्धांत और व्यवहार दोनों का सधा संतुलन ही कल्याणकारी होता है।"

ब्रह्मास्त्र-प्राप्ति की इस आराधना में कठोर परिश्रम करते-करते दो वर्ष बीत गए, अब वे पूर्णता की ओर बढ़ रहे हैं। आगामी पूर्णिमा को कृपालु गुरुदेव यह विद्या सौंपते हुए पाठ्यक्रम का समापन करेंगे।

अंततः वह चिर-प्रतीक्षित पूर्णिमा का दिन आ ही गया। गुरुजी ने वेदमंत्रों से अभिमंत्रित जल अपने सुयोग्य विद्यार्थी की हथेली पर रखते हुए गंभीर स्वर में कहा, "वत्स, आज तुम्हारी साधना पूर्ण हुई। देवताओं को साक्षी मान यह संकल्प लो कि इस ब्रह्मास्त्र का उपयोग लोक-कल्याण के लिए ही करोगे,

यदि कभी अन्याय के लिए, अधर्म के लिए, इसका प्रयोग किया तो यह स्वयं तुम्हारा विनाश कर देगा, यह स्मरण रहे।"

यह दिव्यास्त्र सत्य और न्याय, धर्म और नीति की स्थापना के लिए है। सतत नैतिक जीवन जीने पर ही यह प्रभावी रहेगा, इसलिए तप-संयम से इसे साधकर यशस्वी रहो, विजयी भव, कल्याणमस्तु।"

शिष्य ने उनके चरणों में साष्टांग दंडवत् कर उनकी इच्छा को शिरोधार्य किया।

अब शिष्य की विदाई निकट ही है, इसलिए वह अधिक-से-अधिक अपने आदरणीय गुरु के सान्निध्य में ही रहना चाहता है। गुरुजी भी उसे अपने साथ रहने का पूर्ण अवसर दे रहे हैं, उन्हें अपने साथ कलिंग चलने का आदेश दिया, जिसे शिष्य ने प्रसन्नतापूर्वक शिरोधार्य किया।

महेंद्र पर्वत से आगे-आगे दिव्य परशुराम उतर रहे हैं, उनके पीछे-पीछे उनके सुदर्शन शिष्य अनुसरण कर रहे हैं। धूप प्रखर है, किंतु सघन वनों से सहज छाया मिलती रही, गुरुजी पिछले दो-तीन रातों से अनुष्ठानों में जागते रहे हैं, इसलिए थोड़ा विश्राम करना चाहते हैं। एक घनी अमराई में वृक्ष के नीचे वे विश्राम के लिए लेट रहे हैं, किंतु कठोर पत्थर की बजाय सिरहाने के लिए शिष्य ने अपनी गोद प्रस्तुत की।

आश्वस्त भाव से वीर परशुराम गहन निद्रा में चले गए। शिष्य अविचल बैठे हैं कि गुरुजी के शयन में बाधा न हो, पर नियति का लिखा कौन जानता है।

शायद नियति ही एक छेदक कीट बनकर शिष्य की जंघा में अपने पैने दाँतों से छेद करने में लग गया है, इस गहन पीड़ा को भी शिष्य अवचिल सहन कर रहा है। वह हिल भी नहीं रहा कि गुरुजी की निद्रा भंग न हो, पर उस कीट की क्रूरता भी कम नहीं, वह निरंतर काट रहा है और अब धाव से रक्त की धारा बहकर गुरुजी की निद्रा भंग कर देती है, जागे हुए गुरुजी यह देखकर स्तब्ध हैं।

वे शिष्य से पूछते हैं, "तुम अपना असली परिचय दो। इतनी सहनशक्ति, इतनी वीरता किसी ब्राह्मण कुमार में संभव नहीं, तुम अवश्य ही क्षत्रिय हो, तुमने मुझसे छल किया। बताओ तुम कौन हो?" क्रोधित होते हुए उन्होंने अपना परशु उठा लिया।

"मैं कर्ण हूँ, सूतपुत्र कर्ण।"

"तुमने असत्य क्यों बोला? छल क्यों किया?"

"मुझे ब्रह्मास्त्र चाहिए था, यदि सत्य बोलता तो आप देते नहीं, मेरे पास विकल्प क्या था गुरुदेव?"

"मत कहो गुरुदेव मुझे कपटी, मैंने तुम्हें स्नेह न दिया होता तो अभी यह परशु तुम्हारी ग्रीवा पर होता।"

"गुरुजी, मेरा शीष प्रस्तुत है, आपके कर-कमलों से मृत्यु भी सौभाग्य है भगवन्।"

"जाओ, मैं अपना संयम खो दूँ ,उसके पहले चले जाओ कर्ण।"

"मैंने तुम्हें अपना सर्वश्रेष्ठ दिया है, किंतु तुम्हारे असत्य के कारण, जब तुम्हें उसकी सर्वाधिक आवश्यकता होगी, ठीक उसी क्षण तुम्हें इसकी उपयोग विधि विस्मृत हो जाएगी।"

दु:खी और निराश कर्ण अंतिम प्रणाम कर वहाँ से चल दिया, अपने अंग देश की ओर, वह गुरुजी को और संत्रास नहीं देना चाहता था।

अपने प्रिय शिष्य के गोपन रहस्य के भंग हो जाने से परशुराम स्तब्ध हैं।

वे जानते हैं, विश्व एक मृगतृष्णा है, माया है, किंतु कोई उन्हें भी छल सकता है, यह नया अनुभव है, वे मर्यादा की स्थापना के लिए निकले हैं, किंतु मानव मन संस्कारों से नहीं विकारों से संचालित हो रहा है।

वे क्षुब्ध हैं कि श्रेष्ठजन भी नीति मार्ग त्यागकर सुविधा-भोगी हो रहे हैं। सफलता के लिए विक्षिप्त हुए लोग किसी भी कुकृत्य के लिए संकोच खो चुके हैं। स्वार्थ और अहंकार की यह ज्वाला शीघ्र ही संपूर्ण समाज को एक महायुद्ध की दावानल में भस्म कर देगी।

मानवजाति का भविष्य उन संहारक आयुधों की कृपा पर है, जो अपात्रों के हाथों में जा रहे हैं। वे कभी भी प्रतिरक्षा के अस्त्र-शस्त्रों को आक्रमण में उपयोग करेंगे और संपूर्ण सृष्टि महाविनाश के द्वार पर आ खड़ी होगी।

□

युद्ध का युद्ध

युद्ध, युद्ध, युद्ध! लगता है युद्ध ही जीवन बन गया है। वर्षों से यही दिनचर्या है। राजमद में बौराए हुए अत्याचारी राजाओं का दमन। पृथ्वी पर कहीं भी कोई शासक प्रजा को सताता है, प्रजा की करुण पुकार। जमदग्नि के समर्थ पुत्र राम के कानों तक जाती है, वे अपना विख्यात परशु उठाकर महेंद्र पर्वत से नीचे उतर आते हैं, उनके असंख्य योद्धा अत्याचारी सेनाओं के लिए साक्षात् मृत्यु के देवता हैं। स्थानीय जनता उनका भावभीना स्वागत करती है, वे मुक्तिदाता परशुराम के योद्धा हैं, वे प्रारंभिक झाड़-झंखाड़ साफ करते हैं, विशाल परशु लिये जमदग्नि राम अंतत: अंतिम संघर्ष को पूर्णता देते हैं।

कोई भी अत्याचारी पृथ्वी के किसी भी कोने में हो, उसके भाग्य में अंतत: परशु की पैनी धार लिखी हुई है, जब सभी दिशाओं में शांति हो जाती है, यह निर्विकार मुक्तिवाहिनी पुन: महेंद्र पर्वत का मार्ग पकड़ लेती है, वहाँ राम फिर अपनी साधना-समाधि में डूब जाते हैं, कुछ वर्षों की शांति के बाद फिर कोई अत्याचारी प्रजा को सताता है। गौ, स्त्री, प्रकृति और धर्म के विरुद्ध अनाचार करता है। अन्य शासक भी उससे प्रेरित होने लगते हैं, पीड़ित प्रजा त्राहिमाम् करते हुए पुन: अपनी करुण पुकारों से समाधि में डूबे योद्धा की शांति भंग करती है। समाधि त्याग लोक-कल्याण के लिए, सज्जनों की रक्षा और दुर्जनों के विनाश के लिए वे उठते हैं और उठाते हैं अपना विख्यात परशु तथा चल पड़ते हैं उसी दिशा में, जहाँ प्रजा उन्हें प्राणरक्षा के लिए पुकार रही है।

यह अभियान अब तक इक्कीस बार पूर्ण हो चुका है, पिछले कुछ अभियानों में तो अन्यायियों की भावी पीढ़ियों का समूल नाश भी किया जाने

लगा है, फिर भी खेती के खर-पतवारों या बारिश के कीट-पतंगों की तरह हर बार नए अत्याचारी रक्तबीज की तरह उत्पन्न हो जाते हैं। महान् परशुराम और उनके योद्धा शत्रुसेना को उसी निर्विकार भाव से काटते आए हैं, जैसे कोई किसान पकी फसल काटता है।

निर्मम और कठोर, अपने इस्पाती कुठार की तरह, कर्तव्य में निपुण, किंतु हर अभियान के बाद महेंद्र पर्वत के अपने एकांत में उन्हें खुद को युद्ध की हिंसा, रक्तपात, चीखों, कराहों, विधवाओं का करुण-क्रंदन।

प्राणों की भीख माँगती याचनाओं, रक्तरंजित लुढ़कते नरमुंडों से मुक्त करने में कितना आत्मसंघर्ष करना होता है, कोई नहीं जानता। महीनों युद्ध के भीषण दृश्य उनकी नींद में घुस आते हैं, उनके कानों में अंतिम साँस लेते योद्धाओं की कराहें हर समय गूँजती रहती हैं। समंत पंचक में मानव रक्त की बहती हुई नदी उन्हें सोते से उठा देती है, उन्हें भय नहीं लगता, असामान्य लगता है।

युद्ध की वीभत्स स्मृतियाँ उनके मानस-पटल पर किसी चलचित्र की तरह चलती हैं।

हिंसा के इन दृश्यों की पीड़ा उन्हें स्वयं झेलनी है, कोई अन्य इसके लिए उत्तरदायी नहीं, वे निर्विकार निस्संग भाव से मानव कल्याण के लिए परशु उठाते हैं, उन्हें न राज्य की कामना है न ही धन की, न ही वे यशकामी हैं, इसलिए उन्हें मन के किसी भी कोने में कोई अपराध-बोध नहीं है, लेकिन प्रत्येक अभियान के बाद जो क्षणिक संतोष का अनुभव होता था, अब तो वह नहीं होता, उसका स्थान अब असंतोष और असमंजस ने ले लिया है। आखिर उनके अब तक के पुरुषार्थ का परिणाम क्या है? धर्म संस्थापना इतनी अल्पजीवी क्यों होती है कि हर बार अधर्म का नाग अपना फन फैलाकर खड़ा हो जाता है?

उन्हें अपने क्षमामूर्ति पिता याद आते हैं, उनके शब्द उनके कानों में गूँजते हैं, 'हिंसा को हिंसा से नहीं जीता जा सकता राम, विक्षिप्तता का उत्तर विक्षिप्तता नहीं है वत्स!' विक्षिप्तता, हाँ, पता नहीं विधि का कैसा विधान है, जो भी सिंहासन पर बैठता है, कुछ समय बाद अपने अहंकार में विक्षिप्त हो जाता है, वह राजकोष को स्वयं का अर्जन, राजसंपत्ति को स्वयं की संपत्ति समझने लगता है, वह स्वयं की प्रशंसा ही सुनना चाहता है, चाहे इसके लिए राजकोष ही लुटाना पड़े, उसकी

लिप्साएँ और वासनाएँ विषैले नागों की तरह कब सेवक से स्वामी बन जाती है, वह स्वयं रक्षक से तक्षक हो जाता है, स्वयं को संसार का स्वामी समझकर अनियंत्रित हो चुके, ऐसे कितने शासकों की ग्रीवा वे अपने हाथों काट चुके हैं, कोई नहीं बता सकेगा, पर व्यर्थ है, अब सहन नहीं होता उनसे।

उन्हें तो शांत समाधि में डूबे रहना ही अधिक पसंद है, वे योद्धा हैं, बधिक नहीं, उन्हें मानवकल्याण में रुचि है, राजनीति में नहीं, मनुष्य का विनाश नहीं उसके उत्थान का स्वप्न है उनका, वे मनुष्यता को तमस से ज्योति की ओर ले जाना चाहते हैं, पर अभी तो वे स्वयं अपने तमस में घिर गए हैं। रक्त की वीभत्स नदियाँ उनकी स्मृति में चाहे जब बहने लगती हैं, सड़ते हुए मानव शवों की दुर्गंध उनके नथुनों में ऐसी बस जाती है कि कई-कई हवनकुंडों की समिधाओं की सुगंध भी उसे दबा नहीं पाती। वे व्याकुल होकर उठ खड़े हुए। उनके शिष्यों की सेना अपने शस्त्र सहेज रही है कि फिर किसी युद्ध अभियान की वेला आ गई है, वे उन्हें शांत रहने का निर्देश देते हैं और अकृतवृण को आश्रम की व्यवस्था सँभालने का आदेश देकर अकेले ही महेंद्र पर्वत से नीचे उतर आते हैं, बिना परशु, बिना धनुष-बाण के, सब आश्चर्य से देख रहे हैं, पर किसी में कुछ कहने-पूछने का साहस नहीं है।

□

संत्रास से मुक्ति

शांति की खोज में वे वन-वन, पर्वत-पर्वत भटक रहे हैं, पर कहीं कोई मार्ग नहीं दिख रहा, न कोई मार्गदर्शक ही, उन्हें कई दिन बीत गए हैं, पर समाधान कहीं नहीं पाते, आज उन्हें एक अपरिचित जंगल में एक अवधूत दिखा है, संपूर्ण देह पर भस्म लगाए हुए वह कुछ विक्षिप्त प्रतीत हो रहा है, किंतु उसके नेत्रों में अपूर्व तेज है, उसके मुखमंडल पर भी ब्रह्मतेज है, परशुराम उससे बात करना चाहते हैं, किंतु वह उन्हें आते देखकर दौड़ लगा देता है, परशुराम पीछे दौड़ते हैं तो वह मार्ग में बैठकर हँसने लगता है। परशुरामजी ने विनम्रता से उसका परिचय पूछा तो उसने बताया, "मैं संवर्त हूँ, ब्रहस्पति मुनि का लघु भ्राता।" परशुरामजी ने उन्हें अंतर्द्वंद्व के बारे में बताया। यह भी बताया कि आत्मशांति के लिए उन्होंने प्रत्येक अभियान के बाद बड़े-बड़े यज्ञ, हवन किए, दान किए, किंतु शांति न पा सके," तब संवर्त ने कहा, "यह सब कर्म तुच्छ फल ही दे सकते हैं और अंतत: दुख और अशांति से रक्षा नहीं कर पाते, भगवती त्रिपुरा की आराधना ही आपको मार्ग दे सकेगी। आप जो मार्ग खोज रहे हैं, उसका ज्ञान आपको मेरे गुरु भगवान् दत्तात्रेय ही दे सकेंगे, आप उनकी शरण में जाइए, वे गंधमादन पर्वत पर विराजमान हैं और हाँ, उनके बाह्य स्वरूप, बाह्य आचरण से विचलित मत होइए, वे लीक से हटकर हैं।"

अवधूत दत्तात्रेय अत्रि मुनि और माता अनसूइया के पुत्र—ब्रह्मा, विष्णु, महेश की त्रिमूर्ति के एकत्व के प्रतीक। उनके दर्शन की तीव्र आकांक्षा लिये परशुराम हिमालय के उत्तर में स्थित गंधमादन की ओर चल पड़े। कई दिनों के ऊहापोह और असमंजस की सुरंग के उस पार आशा की किरणें चमक रही हैं। गंधमादन पर्वत के सुरम्य वातावरण में उन्हें सकारात्मक ऊर्जा प्रतीत हुई।

दत्तात्रेयजी उन्हें आनंद की मूर्ति सदृश्य प्रतीत हुए। उन्होंने उनके अंतर्मन में चल रहे भीषण युद्ध को एक पल में समझ लिया।

भगवान् दत्तात्रेय के स्नेहपूर्ण सान्निध्य में प्रभु परशुराम को शांति का अनुभव हो रहा है। अवधूत दत्तात्रेय सहज, सरल, सरस जीवन का उपदेश देते हैं और वैसे ही जीते हैं।

मृगछाला के आसन पर विराजमान प्रभु दत्तात्रेय के सामने पद्मासन में बैठे परशुराम प्रश्न कर रहे हैं। प्रभु दत्तात्रेय उत्तर देते हैं और शेष शिष्यगण, श्रद्धालु, दर्शनार्थी भक्तिपूर्वक इस अद्भुत संवाद का आनंद लेकर धन्य हो रहे हैं।

गुरु दत्तात्रेय अपने तेजस्वी शिष्य को देवी त्रिपुरा का माहात्म्य बता रहे हैं, "हे परशुराम! देवी त्रिपुरा इस संपूर्ण विश्व की जननी आदिशक्ति हैं, उन्हें ललिता, शक्ति, गायत्री, लक्ष्मी, पार्वती, सरस्वती, दुर्गा, परांबिका किसी भी स्वरूप या नाम से जानें, वे समस्त भूतों में सर्वत्र, सभी के हृदयों में विराजमान हैं। देवी त्रिपुरा का यह रहस्य जानने, मानने व चर्या करने योग्य है। शाक्त तंत्र इन त्रिपुर सुंदरी को ही श्रीविद्या, कामेश्वरी, भुवनेश्वरी, षोडशी, त्रिपुरा, दुर्गा, ललिता आदि नामों से जानता है।"

गुरु दत्तात्रेय के मुख से त्रिपुरा की महिमा सुनकर सर्वजन प्रिय जमदग्नि के कल्याणकारी पुत्र राम भाव-विभोर होकर जगदंबा त्रिपुरा के ध्यान में नेत्र बंद कर भाव-विह्वल हो उठे। आनंद के अतिरेक से उनके नेत्रों से अश्रुधार झरने लगी, माँ की भक्ति में उनकी देह को रोमांच हो आया। भाव-विभोर होकर वे गुरुजी के समक्ष दंडवत् हो गए। अत्यंत कृतज्ञता के साथ उन्होंने गुरुजी को देवी माहात्म्य बताने के लिए धन्यवाद दिया।

"हे नाथ! आपने कृपापूर्वक मुझे उनका संपूर्ण माहात्म्य सुनाकर मानो सबकुछ दे दिया। गुरुदेव में परमेश्वरी त्रिपुरा की उपासना करना चाहता हूँ, कृपया मुझे इसकी विधि बताएँ।"

"तथास्तु वत्स!" कहकर सतगुरु ने शिष्य को आश्वस्त किया।

अगले दिन शुभ मुहूर्त में भगवान् दत्तात्रेय ने परमतत्त्व का बोध करानेवाली दीक्षा दी। विनम्र परशुराम गुरुमुख से देवी उपासना के सभी क्रम, मंत्र एवं यंत्र सीखकर आनंदातिरेक में डूब गए।

गुरुजी से सीखी विधि के व्यावहारिक अभ्यास के लिए भृगुपुत्र परशुराम गुरु की प्रदक्षिणा कर उनकी आज्ञा लेकर महेंद्र पर्वत के लिए चल दिए। महेंद्र पर्वत पर बारह वर्षों के लिए वे देवी त्रिपुरा की उपासना में लीन हो गए।

वे नित्य स्नान कर संध्या, पंचयज्ञ, प्रतिदिन का विहित कर्म तथा विशिष्ट अनुष्ठान करते हुए देवी की पूजा करते, इष्ट मंत्र का निरंतर जाप करते रहते। भगवती त्रिपुर सुंदरी के ध्यान में डूबे हुए बारह साल कब बीत गए, उन्हें ज्ञात न हुआ, वे तो काल से परे थे, उनका चित्त तो भगवती के ध्यान में था। तिथियाँ गिनना तो अन्य लोगों का दायित्व था, भक्ति रस में डूबे परशुराम को तो आमावस्या और पूर्णिमा एक सी ही लगती थीं। वे काल, तिथि, ऋतु परिवर्तन सबसे अप्रभावित भगवती की भक्ति के अमृत-रस का आनंद ले रहे थे।

भगवती त्रिपुरा की आराधना में डूबे मन में अनेक प्रश्न आते हैं, जो उन्हें कभी-कभी बैचेन करते हैं। वे जानते हैं कि अंधानुकरण की व्याधि से ग्रस्त इस संसार में उनकी व्याकुलता की औषधि केवल दत्तात्रेयजी के पास है, वे ही उनके प्रश्नों का सटीक उत्तर देने में सक्षम हैं।

वे उठ खड़े हुए और गुरु दत्तात्रेय की शरण में गंधमादन पर्वत जा पहुँचे। सूर्य की तरह तेजस्वी गुरु दत्तात्रेय पद्ममासन में विराजमान थे। गुरुदेव के ऊँचे आसन के पास पैर रखने की छोटी चौकी पर गुरुदेव के खड़ाऊँ के समक्ष साष्टांग नमन किया।

गुरुजी अपने प्रिय शिष्य को देखकर आनंदित हो उठे। उन्होंने शिष्य उठाकर स्नेहपूर्वक अपने समीप बैठा लिया।

"सब कुशल तो है न वत्स!"

"हाँ गुरुजी, आपके चरणों से वियोग के अतिरिक्त अन्य कोई दुःख मेरे जीवन में नहीं है, आपकी कृपा वर्षों से मैं आनंद में निमग्न हूँ। आपने मुझे माता त्रिपुरा का माहात्म्य बताया था, तब से मैं निरंतर उनकी उपासना में रमा रहता हूँ, किंतु गुरुदेव अब कृपया मुझे उनका संपूर्ण रहस्य बताइए, मेरे प्रश्नाकुल मन को आपकी ज्ञानवर्षा ही शीतल कर सकेगी।"

"तथास्तु, वत्स, तुम अभयपूर्वक अपने प्रशन रखो, मैं तुम्हें संपूर्ण ज्ञान

देकर त्रिपुरा रहस्य को अगली पीढ़ियों के लिए हस्तांतरित कर सुख का अनुभव करूँगा।"

गुरु और शिष्य का अद्‌भुत संवाद प्रारंभ हुआ। अवधूत दत्तात्रेय और भुवन विश्रुत पौरुष के धनी परशुराम के मध्य की चर्चा सुनने दत्त-आश्रम के बटुक और शिक्षक भी आकर बैठ गए। परशुरामजी ने विनयपूर्वक पूछना प्रारंभ किया—

"गुरुदेव, कोई साधक परमतत्त्व का साक्षात्कार कैसे कर सकता है?"

"हे जामदग्नेय! शुद्ध अंत:करण से साधक परमतत्त्व का साक्षात्कार कर सकता है, मानवीय प्रज्ञा इसमें समर्थ है।"

"मानवीय प्रज्ञा से क्या आशय है गुरुदेव?" जिज्ञासु परशुराम ने पूछा।

"मानव में जो जानने की शक्ति है, समझने का सामर्थ्य है, यदि वह लोभ, लालच, कामना से मुक्त हो तो शुद्ध विवेक शेष रह जाता है, यह विवेक ही मानवीय प्रज्ञा है, वत्स।"

"मानसिक अशांति का क्या कारण है प्रभु?" शिष्य ने पूछा।

"विचार, विचारों का भंडारण, विचारों की अनियंत्रित बाढ़ चित्त को विक्षिप्त किए रहती है, भृगुनंदन।" गुरु ने कहा, निर्विचार की अवस्था में शुद्धचिति ही शेष रहेगी, जैसे बादलों के न रहने पर आकाश स्वच्छ हो जाता है, ऐसे ही निर्विचार से साधन परमचेतना को प्राप्त होता है।"

"गुरुदेव ज्ञान के साधनों में कौन सा श्रेष्ठ है?"

"ज्ञान पाने के लिए किसी साधन की आवश्यकता नहीं, वत्स। चेतन आत्मा ही ज्ञान है, वही परमात्मा है। यह चेतन आत्मा चित्त रूपी स्फटिक मणि की स्वच्छ पिटारी में है, किंतु अनंत वासनाओं की कीचड़ में फँसे होने से दिखती नहीं है, इस कीचड़ को स्वच्छ मन के पानी से धोना पड़ता है, यह मन की पिटारी आत्मज्ञान की चाबी से खोलने पर यह मणि स्वयं प्रकाशित होने लगती है। साधनों की आवश्यकता तो वासनाओं से मुक्ति के लिए हैं, वत्स।"

"गुरुजी वासनाएँ कैसे बंधन बनती हैं?"

"वत्स तीन प्रमुख वासनाएँ हैं—अपराध वासना, कर्मवासना और कामवासना।

"वेदशास्त्रों में श्रद्धा न होना स्वयं को विनष्ट करने का अपराध है, आत्मा के संबंध में विपरीत धारणा, संशयग्रस्त होना अपराध वासना है, अनेक कलाओं में निपुण व्यक्ति विशेषज्ञ होने के बाद भी संसार चक्र में फँसे रहते हैं। विगत जन्मों के अशुभ कर्मों के कारण कर्मवासना दृढ़ होती है। कर्मवासना सत्संग और सदुपदेशों पर भी भारी पड़ती है।

"परशुराम, समुद्र की लहरें गिनना संभव है, आकाश के तारे भी गिने जा सकते हैं, किंतु किसी एक व्यक्ति की भी कामवासनाओं की गणना असंभव है, यह आशा पिशाचिनी है, आकाश से ज्यादा व्याप्त, पर्वत से ज्यादा अचल है। वत्स जिसका मन स्वभाव से ही पवित्र है, जिसके मन में वासना की गंध तक नहीं है, उसे थोड़े प्रयास से ही ज्ञान मिल जाता है। वासनाग्रस्त मन को ज्ञान मिल भी जाए तो व्यर्थ है।"

"प्रभु, ज्ञानियों में भी अंतर क्यों है?" शिष्य ने पूछा।

"भृगुनंदन, ज्ञानियों के मन अलग-अलग होते हैं। सबके कर्मफल, पुण्यफल, पवित्रता का स्तर अलग-अलग होता है। ब्रह्मा, विष्णु, महेश तीनों स्वभाव से सिद्ध ज्ञानी हैं, किंतु गुणों की भिन्नता के कारण उनमें अंतर है। मेरे परिवार में मैं दत्तात्रेय, दुर्वासा और चंद्रमा तीनों भाई महर्षि अत्रि और माता अनसूइया के पुत्र हैं, तीनों ही ज्ञानी हैं, किंतु तीनों ही अलग हैं, दुर्वासा क्रोधी है, चंद्रमा कामी है, जबकि मैं परिवार और पहचान का परित्यागी हूँ।

"वसिष्ठ कर्मकांडी हैं, सनकादिक संन्यासी हैं, नारद भक्ति में डूबे हैं, शुक्राचार्य असुरों के, ब्रहस्पति देवताओं के पक्षधर हैं। व्यास श्रेष्ठ वक्ता, कवि, लेखक हैं, जनक राजा हैं, भरत राज त्यागी हैं, इस प्रकार ज्ञानियों में अंतर सहज है।"

दत्तात्रेय स्नेहपूर्वक समाधान कर रहे हैं, परशुराम विनत भाव से त्रिपुरा रहस्य का ज्ञान ग्रहण कर रहे हैं। कई कहानियों और दृष्टांतों के माध्यम से गुरु दत्तात्रेय अपने शिष्य की प्रश्नाकुलता को परम संतुष्टि दे रहे हैं। आश्रमवासी भी इस ज्ञान-गंगा में डुबकी लगा रहे हैं और क्यों न लगाएँ, जब साक्षात् त्रिदेव के अवतार भगवान् दत्तात्रेय गुरु की भूमिका में हों और क्रोधावतार योद्धा संन्यासी

परशुराम शिष्य की भूमिका निभा रहे हों, तब कौन है, जो इस ज्ञानयज्ञ से वंचित होना चाहेगा।

महान् दत्तगुरु की वाणी गूँज रही है, "वह परमचेतना सर्वत्र व्याप्त है—प्रत्येक आत्मा में प्रत्येक वस्तु में।

"वही वस्तु भी है और उसका प्रतिबिंब भी।

"वही ईश्वर भी है और प्रकृति भी।

"आत्मा और परमात्मा एक ही हैं।

"तुम अपनी देह में अहंभाव से उपस्थित होकर भी यद्यपि स्वयं रूप, रस आदि विषयों को ग्रहण करने में असमर्थ हो, फिर भी इंद्रियों के साथ एक रूप होकर सबकुछ सदैव ग्रहण कर ही लेते हो, इसी तरह वह परमशक्ति भी ब्रह्मादि की देहों में एक रूप होकर सब जानती भी है और करती भी है।"

तृप्त और संतुष्ट शिष्य पूर्ण काम होकर गुरु चरणों में साष्टांग दंडवत् मुद्रा में हैं।

अब उनके कानों में युद्धस्थल की चीत्कार नहीं आ रही है, बल्कि दत्तात्रेयजी के शब्द गूँज रहे हैं, "दर्पण में प्रतिबिंब के समान संसार का स्वरूप मात्र एक आभास ही है, न बंधन है, न मोक्ष है, न साधक है, न साधना है। एक अखंड अद्वैत स्वरूप चिरंतन शक्ति ही प्रकाशित हो रही है। वहीं विद्या भी है और अविद्या भी, वहीं बंधन है और मोक्ष का साधन भी, भृगुनंदन परशुराम बस इतनी ही बात जानने योग्य है। इससे अधिक जानने योग्य कुछ भी नहीं।"

□

मृत्योर्मा मृतंगमयः

"उठो परशुराम! सृष्टि को तुम्हारे पुरुषार्थ की आवश्यकता है।"

"अब और क्या अपेक्षा है, गुरुवर!" विनम्रता से उन्होंने पूछा।

"मनुष्य मात्र की चेतना को दीप्त करो वत्स, तुम्हारा अवतरण इसी हेतु हुआ है।"

"वह कैसे, गुरुवर?"

"श्रुतियों और स्मृतियों के ज्ञान को, उपनिषदों के प्रसाद को जन-जन तक ले जाने के लिए दीर्घकाल तक सतत प्रयास की आवश्यकता है। यह दायित्व तुम्हें ही निभाना है भृगुश्रेष्ठ, इसीलिए तुम चिरंजीवी हो।"

"जो आज्ञा गुरुदेव, किंतु मेरी हस्तरेखा में कोई विश्राम की रेखा तो होगी।" हास्य के साथ परशुराम ने पूछा।

"हाँ, अवश्य वत्स, किंतु दायित्वपूर्ति के पहले नहीं।" गुरुजी का स्वर गंभीर था।

"विश्व एक भीषण महायुद्ध में झुलसने जा रहा है, प्राचीन राजवंश उस युद्ध की ज्वाला का भोजन बनेंगे, युद्ध नहीं प्रलय होगी, रक्त की भीषण नदियाँ बहेंगी, संपूर्ण पृथ्वी योद्धाओं के रक्त से लाल हो उठेगी, युवा ही नहीं गर्भस्थ शिशु से वयोवृद्ध पुरखे तक सब महाविनाश का ग्रास बनेंगे···उस युद्ध में तुम्हें लिप्त नहीं होना है, तुम्हारा कार्य उस महायुद्ध की समाप्ति के बाद प्रारंभ होगा। तब तक आत्मशक्ति और आध्यात्मिक शक्ति का संचय करो, यही मेरा आदेश है।"

विनत परशुराम ने शीश झुकाकर भगवान् दत्तात्रेय के आदेश को शिरोधार्य किया और वापस महेंद्र पर्वत की ओर चल पड़े।

अकृतव्रण और उनके साथियों ने महेंद्र पर्वत पर परशुराम आश्रम में शिष्यों

और भक्तों को अपने गुरुदेव की अनुपस्थिति का अनुभव नहीं होने दिया है।

आश्रम की समस्त गतिविधियाँ ब्रह्ममुहूर्त से रात्रि शयन तक नियमित रूप से संचालित हैं। अकृतवृण गुरुदेव के लौट आने तक अनेक मोर्चों पर जूझ रहे हैं।

वे योग्य गुरु के योग्य शिष्य हैं, इसलिए कोई झंझावात उन्हें विचलित नहीं करता।

उनके परम तेजस्वी गुरुजी की अनुपस्थिति की सूचना से उपद्रवी तत्त्व सिर उठाने लगे हैं। यदि आश्रम में सैन्य प्रशिक्षण प्राप्त शिष्यों की सशस्त्र टुकड़ियाँ नहीं हों तो कितने ही पदच्युत राजवंशों के कुंठित योद्धा आश्रम पर आक्रमण की इच्छा मन में दबाए हुए हैं, इसका भली-भाँति अनुमान अकृतवृण और अन्य प्रमुख शिष्यों को है।

उन्हें अपने महान् गुरु की प्रतीक्षा है, किंतु वे कहाँ तिरोहित हो गए हैं, किसी को ज्ञात नहीं। कोई कहता है, वे नर्मदा तट पर देवगाँव संगम में स्थित जमदग्नि आश्रम में तपस्यारत हैं। कभी सूचना आती है, वे चर्मण्यवती के तट पर समाधिस्थ हैं। कोई शपथपूर्वक उन्हें हिमालय की गुफाओं में साधनारत होने का विवरण देता है तो कोई प्रभासतीर्थ में उन्हें समुद्र की लहरों पर तैरते हुए देखा है। जितने सूत्र, उतने विवरण पर प्रामाणिकता कुछ नहीं।

चुनौतियाँ बढ़ती जा रही हैं, सत्ताच्युत परिवारों का संगठन सशक्त होने लगा है। युद्ध की आहटें आ रही हैं। कुरुक्षेत्र के मैदान में एक साधारण गृहकलह असाधारण महायुद्ध में बदल गई है।

भयंकर विनाशकारी आयुधों से सर्वनाश की रूपरेखा लिखी जा रही है किंतु उस महान् ऋषि का कोई अता-पता नहीं है, जो युद्धकला का अपराजेय ज्ञाता है। भयानक होती परिस्थितियों का सामना करने के लिए अकृतवृण ने प्रमुख शिष्यों की बैठक बुलाई है। भृगुवंश के अधिकांश आश्रमों के प्रतिनिधि इस बैठक में उपस्थित हैं···सरस्वती, वितस्ता, विपाशा, परूष्णी, ब्रह्मपुत्र, चर्मण्यवती, यमुना, गंगा, चंद्रभागा, कृष्णा, कावेरी के तटों पर स्थित आश्रमों से लेकर प्रभासतीर्थ, सौराष्ट्र, द्वारका के समुद्रतटों के भृगु-पंथी अपने-अपने क्षेत्र के विवरण क्रमशः प्रस्तुत करने लगे।

भृगुकच्छ से आए आचार्य ने बताया, "हैहयों ने पुनः शक्ति संचयन प्रारंभ

किया है। वे प्रजा को अपने प्रबल प्रचार से मोहित कर रहे हैं।"

उन्होंने यह भी बताया कि कुछ लोग भृगुकुलभूषण को क्षत्रिय-विरोधी होने का दुष्प्रचार भी कर रहे हैं।

शेष प्रतिनिधियों ने भी ऐसा ही कुत्सित अभियान अपने क्षेत्र में भी सुना है, यह बताया।

अकृतवृण ने कहा, "यह षड्यंत्र है, यह राजनीति है।"

"जो स्वयं माता रेणुका सी श्रेष्ठ क्षत्राणी का पुत्र हो, उसे क्षत्रिय विरोधी कहना राजनीतिक धूर्तता है। वे क्षत्रियों के नहीं, उन क्षत्रधारियों के विरोधी हैं, जो सत्ता के अहंकार में विवेक खो बैठे थे।"

"महानुभावो, भृगुवंश ने श्रेष्ठ क्षत्रियों को सदा आशीर्वाद ही नहीं दिया, उनके संकट में शरण भी दी है। हमारी वंश-परंपरा जातिभेद को ही नहीं मानती तो क्षत्रियों से शत्रुता का आरोप मूढ़ता है।" यह कहते हुए जमदग्नि के तीसरे पुत्र प्रभावसु उठ खड़े हुए। प्रभावसु अपने सबसे छोटे भाई परशुराम के विरुद्ध असत्य प्रचार से उत्तेजित हैं।

उन्होंने स्मरण कराया, "हमारे पूर्वज और्व ऋषि ने इक्ष्वाकुओं को शरण देकर उनको हैहयों के क्रोध से बचाया था।"

"सीरध्वज जनक या अयोध्या के दशरथ से तो कोई शत्रुता नहीं है हमारी, परस्पर सद्‌भाव है।"

"मेरे भाई ने राज्य विस्तार के लिए तो कभी शस्त्र नहीं उठाए, प्रजा सर्वत्र हमारे सैन्यबल को सेना नहीं मुक्तिवाहिनी मानती है। हमने निरंकुश राजशक्ति पर विवेक का अंकुश लगाया है। जामदग्नेय राम ने आततायियों की जाति नहीं देखी, उनके दुष्कर्म देखे हैं।"

"हमारी माँ क्षत्रिय, हमारी दादी क्षत्रिय, हमारा कर्म भी क्षत्रिय का, हमारा मर्म भी क्षत्रिय का।" कहते-कहते उनका स्वर भीग गया, भावावेश में उनका गला भर आया, स्वर अवरुद्ध हो गया।

उनके बड़े भाई सुषेण उठ खड़े हुए, "साथियो, आप विचलित न हों। आत्मरक्षा के लिए शक्ति संचय करें, क्रिया की प्रतिक्रिया होना सहज है, हमने त्रस्त प्रजाओं की मुक्ति के संग्राम लड़े हैं, जो सत्ताच्युत हुए हैं, वे प्रतिशोध भाव से भरे हों तो आश्चर्य क्या?"

हिमालय से आए प्रतिनिधि ने पूछा, “किंतु जामदग्नेय राम हैं कहाँ ? पीड़ित प्रजा उन्हें मुक्तिदाता अवतार की तरह देखती है, उनकी रहस्यपूर्ण अनुपस्थिति को विपक्षी पलायन की तरह प्रस्तुत करेंगे।”

“हाँ, वे अवतार हैं, साक्षात् नारायण के अवतार है। यह उनके सान्निध्य में मैंने सतत अनुभव किया है, किंतु क्या अवतार को एकांत साधना की सुविधा भी नहीं देंगे आप” अकृतवृण ने धीर-गंभीर स्वर में कहा।

“किंतु उनके कंधों पर भीषण दायित्व है, जब आसुरी शक्तियाँ पुनः सिर उठा रही हों, तब तो उन्हें हमारे मध्य होना चाहिए। संघर्ष का नेतृत्व करना चाहिए।”…हिमालय वासी ने तर्क दिया।

“अवतारों का कार्य है प्रेरणा देना, अभय देना, जनसामान्य को उनकी आंतरिक शक्ति का स्मरण कराना।” कहकर अकृतवृण और गंभीर हुए, “महानुभावो, अवतार वर्षा ऋतु के प्रबल जलधारी बादलों के समान होते हैं। वे व्याकुल जनमानस की तपन हरते हैं, प्यासी वसुधा की तृष्णा बुझाते हैं किंतु वे वर्षभर नहीं बरसते, किसान भी प्रतिदिन उनकी राह नहीं देखते, वे अपने पौरुष से, परिश्रम से सिंचाई का प्रबंध करते हैं। स्मरण रखिए, जब कोई संकट मानवीय क्षमता से बड़ा हो, तब अवतार आते हैं अन्यथा मनुष्य का पौरुष पर्याप्त है।” अपना कथन पूर्ण कर अकृतव्रण ने शेष सभा की ओर निहारा, सभी सहमत प्रतीत हो रहे थे।

गिरनार की तलहटी से आए यादव प्रतिनिधियों ने आश्वस्त किया कि उनके रहते कोई निरंकुशता वहाँ उत्पन्न नहीं हो सकेगी। प्रभासतीर्थ के नाविकों ने निष्कंटक समुद्र तटों का दायित्व लिया।

कोलियों, वनवासियों, नागों, शार्यातों, तालजंघों, वैश्यों ने नए-नए प्रजाहितैषी प्रकल्पों की सुरक्षा का संकल्प लिया।

महाबार के समुद्र तटों से आए प्रतिनिधियों ने विश्वासपूर्वक कहा कि आचार्य ने उन्हें बसाते समय जो शारीरिक युद्धकला का अभ्यास कराया था, उससे उनकी प्रजा का मनोबल बहुत ऊँचा है।

नित्य हवन-पूजन अग्निहोत्र की तरह ही कलरी पयत्तु की यह युद्ध कला हमारे जीवन का अंग है। हमने इसमें इतनी निपुणता प्राप्त कर ली है कि शत्रु हमें अचानक आक्रमण करके भी परास्त नहीं कर सकता।

हिमालय से आए पर्वतीय प्रतिनिधियों ने भी कहा कि आचार्य ने उन्हें भी यह युद्धकला सिखाई थी और हिमालय के गहन गिरि गुफाओं तक यह विद्या देह को सबल-सतर्क-सशक्त बनाने के काम आ रही है।

शिष्य मंडली के विचार-मंथन में सूचनाओं के आदान-प्रदान, तर्क-वितर्क से आगामी रणनीति तय हुई कि मनुष्य के अभ्युदय का जो महान कार्य जामदग्नेय राम ने प्रारंभ किया है उसे मनोयोग से जारी रखा जाएगा। मानवीय चेतना के उन्नयन के लिए वेद-श्रुति-उपनिषदों के ज्ञान को मानवमात्र तक प्रसारित किया जाए।

राज्य अपना कार्य करें किंतु समाज भी अपनी जीवन-शक्ति को जाग्रत् आत्मनिर्भर रखें।

ज्ञान, भक्ति, कर्म—इन तीनों मार्गों में जिसे जो रुचे, वह उस मार्ग पर चलने के लिए स्वतंत्र हो। यह भी तय हुआ कि यह संपूर्ण व्यवस्था स्वसंचालित हो। मानव समाज स्वयं सक्षम बने। अवतारों पर अवलंबित न हो। मनुष्य पुरुषार्थ करे, इस भावना को पुष्ट करने के लिए सभी अपना श्रेष्ठतम बौद्धिक, आर्थिक, शारीरिक योगदान दें।

अकृतव्रण को कक्ष में गुरुजी की उपस्थिति का आभास हो रहा है, किंतु वे हैं अंतर्धान ही, सशरीर दिखाई नहीं दे रहे। उन्हें अचानक याद आया, गुरुजी से पहली भेंट का घटनाक्रम और उस समय भीषण बाघ के चंगुल से मुक्ति के बाद कहे शब्द 'वत्स, उस बाघ को तुम भी मार सकते थे, इस जगत् में संकल्प ही सिद्धि है। मैं या तुम या साधारण घास का तृणमूल भी उसी अविनाशी ईश्वर का अंश है, इसलिए जो शक्ति मुझमें है, वह तुममें भी है, बस मुझे ज्ञात है और तुम्हें उसका स्मरण नहीं।'

'विश्वकल्याण की चेतना ही ईश्वर है वत्स'

शुभ संकल्पों के व्रत ले रहे साथियों को देखकर अकृतव्रण स्नेहपूर्वक आनंदमग्न हैं। उन्हें पता है कि चिरंजीवी जामदग्नेय मानव समाज की सामूहिक चेतना में विराजमान हो गए हैं।

□□□